魔法少女育成計画
limited
(前)
Presented by
Endou Asari
遠藤浅蜊
illustration
マルイノ
JN286552

CHARACTER
キャプテン・グレース
すごくかっこいい魔法の
海賊船を出せるよ
ウェディン
約束をしたらそれを
ぜったい守らせるよ
ファニートリック
隠したものと別のものを
入れ替えるよ
レイン・ボウ
実体を持つ虹の橋を
作り出せるよ
ポスタリィ
どんなものでも
持ち主のもとに
送り返せるよ
テプセケメイ
風と同化して
どこへでも
行けるよ
繰々姫《くるくるひめ》
何本ものリボンを
自由自在に操るよ

Magical Girls
マナ
呪文と儀式でいろんな
魔法を使うよ
下克上羽菜《げこくじょうはな》
感覚をものすごく
鋭くできるよ
7753《ななこさん》
相手の能力がわかる
魔法のゴーグルを使うよ
魔王パム
四枚の黒くて
大きな羽で戦うよ
リップル
手裏剣を投げれば
百発百中だよ

CHARACTER

ピティ・フレデリカ
水晶玉に好きな
相手の姿を映し出すよ

トットポップ
魔法のギターで実体のある
音符を作り出すよ

プキン
魔法の剣で刺した
相手の考えを変えさせるよ

ソニア・ビーン
さわったものをすぐ
ボロボロにしちゃうよ

魔法少女育成計画 limited（前）

Presented by Endou Asari
遠藤浅蜊
illustration
マルイノ

KL! このラノ文庫

CONTENTS

イラスト：マルイノ
デザイン：AFTERGLOW

Go ahead!!

プロローグ

一年間に及ぶ教師生活を経てタフで図々しくなったハートでも、傷つけられれば悲しくなる。誰だってそうなる。希《のぞみ》もそうなる。

今日の昼休みのことだった。階段の踊り場で立ち話に興じている生徒がいた。屋上には鍵がかかっているので生徒が自由に出入りすることはできないが、屋上前の踊り場に出入りを防ぐための設備はない。他の踊り場に比べて幾分か広く、用事がある者以外は通ることがないという特性を好んでここにたむろする生徒は少なくない。

希が次の授業に向かうためその廊下を通りかかった時、もう昼休みが終わろうとしているにも拘《かか》わらず、踊り場から姦《かしま》しい笑いが聞こえてきた。

声をかけておいた方がよさそうだ。希はそう判断して屋上への階段に一歩足を踏み出した。

「あ、そういや時間やばくない？」

「マジで？　マジだ。もうすぐ昼休み終わるじゃん」

どうやら声をかけるまでもなさそうだ。踏み出した足を下ろして廊下へ戻ろうとした矢先だった。

「次なんの授業だったっけ？」

「モンスターじゃなかったっけ、確か」

「ああ、国語か」

「課題の提出まだだったよね？」

「感想文なら週末までに作っとけばオッケーっしょ」

「めんどいなぁ」

波山《なみやま》中学校は私立だ。生徒は例外なく厳しいお受験を潜《くぐ》り抜けてきている。いかに面倒臭かろうと、授業をサボタージュするような剛《ごう》の者は滅多にいない。

慌てて階段を駆け下り、けらけら笑いながら歩いていく二人をやり過ごす。教室へ向かう背中を見れば、その髪型には見覚えがあり、声にも聞き覚えがある。

二人は二年B組の生徒だった。そのままこっそり背中を目で追っていたら、希がこれから向かおうとしていた教室に入っていくのが見えた。やはり間違いではなかった。その事実を反芻し、消化し、休み時間終了のチャイムを聞きながら希は打ちひしがれていた。

先生にあだ名がつく。けして珍しいことではない。希が学生の頃もそうだった。小林《こばやし》先生がコバセン、渡辺《わたなべ》先生がナベさんなどというのはまだいい方で、年齢相応に残酷な少年少女によって惨《むご》いあだ名を奉《たてまつ》られた先生もたくさんいた。ただ、そういう先生にはあだ名がつくだけの理由があった。理不尽な理由で生徒を叱ってばかりだったり、女子生徒をいやらしそうな目で見たり、そういう「嫌な先生」で、中には嫌われることを承知で厳しく指導するという立派な先生もいたけれど、それにしたって生徒から嫌われているということには変わりない。

二人の会話が頭にこびりついて離れない。

「次なんの授業だったっけ?」

「モンスターじゃなかったっけ、確か」

「ああ、国語か」

嫌いな科目であったとしても国語をモンスターとは呼ばないだろう。明らかに個人を指している。つまり、国語の担当教師だった希のことを指してモンスターといったのだ。話している相手が疑問を挟まなかったことからも、モンスターという呼び名が定着していると予想できる。

怪物《モンスター》。

学生時代から教師生活まで含めてここまで酷《ひど》いあだ名もそうはなかった。シンプルかつ深く抉《えぐ》りこむ鋭さがあり、その鋭さによって対象の心をズタズタに傷つける。

希は生徒を厳しく叱るタイプではない。注意する時もやんわりとするよう心がけている。

授業だってごく丁寧《ていねい》に教えているはずだ。意地悪な引っかけ問題で生徒を罠《わな》にかけて喜ぶような悪趣味な真似もしていない。なぁなぁで生徒と接しているだけのダメ教師だといわれるかもしれないが、それでもよかった。生徒から嫌われればどれだけ仕事がやり難《にく》くなるかを知っているからだ。

だが嫌われていた。忌《い》み嫌われていたといってもいいかもしれない。モンスターというあだ名にはそれだけの破壊力がある。なにせ相手を人間と見做《みな》していない。自分達とは別種の生き物として扱っている。生徒と教師の垣根どころか、人間とそれ以外の間に立ちはだかる分厚い壁がある。恐らくは誰にも壊すことができない。

希は激しいショックに心を痛めつけられながら仕事をこなした。教師は生徒に傷つけられても己《おの》が職務を放棄《ほうき》してはならない。正式採用まで届かない常勤講師であってもだ。

それに希の受難はここで終わらない。嫌なことはまだまだ続く。放課後にもう一仕事だ。文化祭清掃委員会の打合せに立ち会わなければならない。そこにいて、求められた時にだけアドバイスすればいいくらいの仕事だったが、今回はメンバーの一人が学校きっての大問題児だった。問題を起こしてくれるなよとただ祈るのみだ。

希は深く深くため息を吐《つ》いた。三つ離れた席の学年主任に大丈夫かと心配され、大丈夫ですと笑顔で返しておいた。その笑顔にもきっと元気はなかったはずで、あまり大丈夫そうには見えなかったのだろう。学年主任は心配そうに希を見返していた。

放課後、重い足取りで理科室に向かった。横開きのドアをスライドさせる。中には誰もいない。横に長い備え付けの白テーブルと三脚の椅子が並んでいる。この学校に科学系のクラブ活動はないため、生徒の姿はない。

なんとなく足取りが慎重《しんちょう》になる。国語を受け持つ希にとって、理科室というのはテリトリーの外にある部屋だ。さらにその先の理科準備室ともなれば、入室した経験すらなかった。そもそも普段は鍵のかかっている部屋ではなかったか。危険な薬品や実験器具が保管してあるはずで、生徒が許可なく入っていい場所ではない。教師とはいえ、ほぼ部外者の希にとっても似たようなものだ。

なぜ理科準備室が集合場所になっているのだろう。メンバーも含めて決定したはずの生徒会はいい加減なもので、生徒会長は「いつの間にか決まってたんですよね」と笑っていた。生徒会長でないならいったい誰が決めたというのか。

準備室は理科室の最奥《さいおう》に位置している。掃除用具の入ったロッカーの陰に隠れているような小さな入り口から入る。他の教室と違い、引き戸ではなくノブを回して出入りするようになっている。二十年前に建て増しで作られたため、それ以前からある部屋より造りがモダンになっている……と校長がいっていた。

希はノブに手をかけて回した。動く。鍵がかかっていない。

すでに先客がいた。一、二、三、四、全部で五人。皆、希を見ている。

人体模型をつついていたのは二年C組の芝原海《しばはらうみ》。とんでもない運動能力の持ち主とかで、百メートル走だったか三段跳びだったかの県記録を持っている。力を持て余しているのか、問題行為で話題になることも多い。校内でも有数の有名人だ。

芝原海が急に振り返ったせいで縛った髪に鼻面を叩かれたのは……同じく二年C組の根《ね》村佳代《むらかよ》。芝原と行動を共にしているのをよく見る。

陸ガメの水槽を覗いていたのは結屋美祢《むすびやみね》。この子は二年D組の学級委員長だ。優等生で、教師陣の覚えもよく、生徒からの人望も厚い。「いけすかないタイプの学級委員」でも「無理やり押し付けられた学級委員」でもない、正しい学級委員だ。

隅の方で椅子に腰掛けている二人は、どちらも一年生だ。眼鏡をかけている生徒が酒己《さかき》達子《たつこ》。髪の長い方が二《にの》三《つぎ》香織《かおり》。先輩達の中にいるせいで萎縮《いしゅく》しているというものあるだろうが、それを抜きにしても大人しそうな二人だった。髪の縛り方もスカートの丈《たけ》も校則にある「推奨」をきちんと守っている。担当している学年が違うこともあり、名前くらいしか知らない。

腕時計に目を走らせて時刻を確認した。集合時間の五分前だ。希が遅れて来たわけではない。

文化祭の清掃委員は、片付けや清掃の分担を決める係だ。発表したり模擬店を出したりといった花形に比べると地味で人気の無い仕事とされていた。

さらに付け加えると、生徒達から無用な恨《うら》みを買うことがある。でき得る限り平等に割り振っても「なぜ俺達ばかりこき使われる」といった不平を抱く生徒は一定数いる。

そういったこともあって清掃委員を進んでやりたがる者はいない。立候補を待っていても手を挙げる者は誰もなく、かといっていなければいないで運営としては困るため、生徒会が生贄《いけにえ》としてランダムに生徒を選出するのだということを聞いていた。

だが五分前に全員集まっているとは驚かされた。生贄なりにやる気くらいはあるのかもしれない。

第一章　魔法少女部隊結成

☆ポスタリィ

酒己《さかき》達子《たつこ》は幼い頃から臆病で引っこみ思案だった。

話したことがない生徒と一緒に仕事をしなければならない文化祭の清掃委員に選ばれた時はどうなることかと思ったが、同じクラスから友人の香織《かおり》も選ばれていたおかげで大分救われた。「まいったねー」「嫌になるね」とぼやき合える相手がいるというだけでもありがたいものだ。一人でビクビクしながら理科準備室に行くことを思えば、道行きに仲間がいるだけでも心が楽になる。

　卓球部の補欠が廊下で腕立てしている横を抜け、吹奏楽部の演奏を聞き流しつつ進み、理科準備室のノブに手をかけると鍵がかかっていない。清掃委員会の初会合ということもあり、先輩を待たせないようにしよう、いっそ先生が鍵を開ける前に来てしまおうと気を遣《つか》って早めに出たのに、もう先客がいるようだ。部屋の中は夕陽に照らされ朱色《しゅいろ》に染まり、女生徒が一人椅子に腰掛けていた。

「あなた達も清掃委員？」

「先輩もですか？」

会話は香織に任せ、達子は香織の後ろに隠れるようにして話を聞いていた。

数分後、準備室のドアが大きな音を立てて開いた。さらに先輩が二人追加される。その内一人は達子も知っているほどの有名人だった。

芝原海《しばはらうみ》。ポニーテールに縛った髪の色が校則の範囲外に明るく、制服の着こなしがどこかだらしない。握力計を握り壊してしまうために握力を測定することができないとか、単身で暴力団事務所に乗りこんで叩き潰《つぶ》したとか、胡散《うさん》臭い武勇伝で有名だ。武勇伝の真偽を抜きにしても関わり合いになりたい類《たぐい》の人ではない。

不本意に選出されたのは皆同じだろうと思っていたが、海はどうも様子が違った。

「なにかこうね、こう、なんていうか、あれよ、冒険の匂いがするのよ！」

やけにテンションが高い。「冒険の匂い」とは、どういう意味だろう。普通に考えれば冗談でいいはずだ。だが冗談と決めつけ笑いでもして、もし海が本気でいっていた時は大事が予想される。達子は、どちらともとれる半端《はんぱ》な表情で聞き流しておいた。

達子は同級生に比べれば先輩と話す方がまだマシだと思っている。同級生相手におどおどと会話をすれば見下される。先輩が相手なら恐れ入っているとかそういう解釈をしてもらえなくもない。問題は先輩の中の一人が校内で有名な乱暴者で、どんな態度が彼女の導火線に火をつけるか達子にはわからない点だろう。曖昧《あいまい》で半端な態度をとり続けるのは、かなり神経を酷使《こくし》する。

夕陽の朱色は色落ちし、今や暗い柿色が先輩達の顔を照らしている。もう冬だ。すぐに陽が落ちるだろう。海の顔色をうかがうと、なにかを期待するような表情でキョロキョロと落ち着きなく周囲を見回していた。

いきなり暴れたりしないだろうか。噂通りの人物ならやりかねない。達子がじりじりとした焦燥《しょうそう》感に胃を苛《さいな》まれながら待ち続けていると、準備室のドアが開いた。

先生だ。達子も知っている。姫野《ひめの》希《のぞみ》先生。一年の担当ではないが、なにしろ目立つ。生徒並に……それも一年生程度に小柄で、二十歳半ばは過ぎているはずなのに、見た目が異常に若い。というより幼い。たぶん制服を着ていればごく自然に生徒達の中に混ざってしまえる。その年齢を超越した容姿からモンスターとあだ名されているということは、学校コミュニティの外れにいる達子でさえ知っていた。

「もう始まってる？」

「いえ、まだです」

「じゃあ始めちゃいましょう。少し早いけど、早く始めれば早く終わるしね」

姫野先生は椅子に腰掛け、入れ替わりで促《うなが》された上級生が立ち上がった。一番最初に部屋にいた人だ。一本の太い三つ編みを背中に流し、赤いセルフレームの眼鏡が夕陽を受け光っている。学級委員っぽい。

「とりあえず司会を務めさせていただきます二年D組の結屋《むすびや》です。本日は文化祭清掃委員会にお集まりいただきありがとうございます。では分担を決める前に自己紹介から……」

「ようやく集まってくれたね!」

どこからともなく発せられた声が流れを遮《さえぎ》った。甲高《かんだか》い、幼い子供の声だ。本来は中学校の中で聞こえるような声ではないはずだ。達子は周囲を見回した。先輩達もキョロキョロしている。どこにも子供なんていない。

「あなた達はこの学校でもトップクラスの魔力を持っているの。その魔法の才能を使って私のことを助けてほしい……もちろんお礼はする。あなた達を魔法少女にしてあげる!」

天井から小さく丸い光の球が落ちてきた。一瞬、蛍光灯が落ちてきたのかと思って身構えたが、違う。ゆっくり、ふわふわと落ちてきたその光球は、天井から離れるにつれて明るさを落とし、テーブルの上に降り立った時にはぼんやりとした淡く白い光になっていた。その光の中には十五センチサイズの人形があった。

「はじめまして。わたしの名前はトコ。見ての通りの妖精だよ」

皆が、言葉を飲みこみ目を奪われていた。人形ではない。動いている。言葉を口にしている。作り物にはない肉付きと躍動感がある。表情も生き生きとしている。かといって絶対に人間ではない。光を纏《まと》い、昆虫のような半透明の羽を背中から生やし、身長十五センチ程度の人間がいるはずがない。

「みんなは見ての通り魔法少女の才能を持ってるの。わたしならその才能を育て、一人前の魔法少女にすることができる。お願い。どうか魔法少女になってわたしを助けて。悪い魔法使いに追われているの」

息を止めていたことを意識し、ふぅと息を吐き出した。なにが起きていてなにをいわれているのか、頭の中でまとめようとしても上手くいかない。達子は混乱を自覚している。

香織の判断を仰《あお》ごうと傍《かたわ》らを見て「ひっ」と声を上げた。

知らない女の人がいた。パリコレかサーカスかコスプレ会場か漫画やアニメやゲームの中にしかいないような「華美《かび》が過ぎて目に悪い」レベルの、恐ろしく派手で奇抜な格好をしている。頭の左右で縛って垂らした髪には綺麗なグラデーションがかかっていて、手袋が七色に輝き、服装は派手派手しく露出度もまた相当なものだ。頭の上に七色の光輪を戴《いただ》き、背中にはそれを一回り大きくした光輪を背負い、足首にも嵌《は》めている。アクセサリーとしては恐ろしく非現実的で、糸で吊るすか針金で支えるかしているのか、浮いていた。

達子が声を上げ、派手な女性はびくっと肩を震わせ、達子を見た。顔立ちが美しい。こちらも服のインパクトに負けず劣らず非現実的だ。彼女の整った顔に見る見る困惑が広がっていく。

「……たっちゃん？」

達子は慌てて彼女の袖口を離し、袖口を掴《つか》んでいたという事実に驚いた。達子は香織の袖をぎゅっと握って後ろに隠れていたはずだ。なぜか、いつの間にか、どうしたわけか、見知らぬ女性の袖を掴んでいた。

「たっちゃんなの？」

女性は戸惑っているようだ。たっちゃんなのと問われた達子も戸惑う。見知らぬ彼女がなぜ達子のあだ名まで知っているのか。そして香織はどこに行ったのか。周囲を見る。海賊とステージマジシャンがお互いを指差して喚《わめ》いていた。どちらも隣の女性に負けないくらいの美少女だ。大量のリボンで飾り立てたバレリーナが青い顔で震えている。そしてなぜかウェディングドレスの花嫁がいて、アラビア風の踊り子が宙に浮き（！）天井近くから見下ろしていた。

達子ははっとして自分の手と腕を見た。指が長い。達子の手ではない。着ている服も学校の制服ではない。窓ガラスを見る。そこには昔の洋画に出てくる郵便配達人を可愛らしくアレンジしたような恰好の少女がいた。他と同様、顔のパーツが完璧に配置されている。ぺたぺたと顔を触ると、窓ガラスに映った郵便配達人の少女も自分の顔を触った。

「わかってくれた？　あなた達は魔法の才能を持っている魔法少女なの。この町に迫っている悪い魔法使いを撃退できるのはあなた達しかいない」

妖精がなにをいっているかは漏らさず聞いていた。だが頭には入っていなかった。

☆キャプテン・グレース

芝原海を乱暴者、無法者と評する人物は教師生徒問わず数多い。

しかしそれは彼女を正確にいい表してはいない。芝原海は乱暴であり、法を無視することもままあるが、それは単なる結果でしかない。芝原海の本質は冒険者であり、己の内側から這《は》い出してくる欲求に応じただけなのだ。

もっとわくわくしたい！　もっとドキドキしたい！　見たことのないものを見たい！　したことのないことをしたい！　世界には海の知らないすごいものがあるに違いない！　物語の登場人物になりたかった。財宝を得るのでも悪党をやっつけるのでもいい。大冒険があればそれでよかった。

幸か不幸か生まれた町は右も左も前も後ろも山ばかりの土地だった。幼い頃は文字通り野山を駆け回り、幼稚園年中時代に三日間遭難してからは外に出してもらえなくなった。畳をどけて床板を外す、天井板を押し上げる、二階の窓から庭の植木をつたう、等々の脱走術を身につけたのもその頃だ。その後、親に叱られてもへこたれない精神力、脱走の創意工夫、山で身につけたサバイバル術、獣と渡り合える身体能力、等を次々と我《わ》が物《もの》とし、その果てに今がある。

そう、今がある。幼馴染でいつも一緒にいる根村佳代《ねむらかよ》と共に、冒険を求め続けている中学生としての今があるのだ。

周囲がただただ混乱する中、彼女は違った。冒険を夢見、力と経験となにより思いを蓄積させ続けていた海には「待ちに待った」シチュエーションだったからだ。備えなく異常事態に直面した者に比べ、常に備えていた者は心の置き方から違う。しかも今日は予感があった。この清掃委員がただで終わるはずがないという確信めいた予感があったのだ。

「どういうことなの！」「なにこれ！」「よ、妖精？」「ドッキリ？　カメラどこ？」

慌てふためく外野を後目《しりめ》に、海は現状把握に努めた。手を軽く振ってみる。拳を握る。息を吸って吐く。軽くジャンプする。身体が作りから変化している。力がある。エネルギーに満ちている。今ならクジラだってワンパンチでノックアウトしてしまえそうだ。

テンションは高くても心の動きが落ち着いている。静かに燃え上っている。

窓ガラスに映った自分の姿を確かめる。腰には剣を提《さ》げていた。親指で柄《つか》を押し上げ、指の節二本分ほど鞘《さや》から抜いてみる。鈍《にぶ》く光る湾曲《わんきょく》した片刃剣《かたばけん》。海賊が振るうようなやつだ。親指を軽く刃に当てただけで指の腹に血が滲《にじ》んだ。切れ味が鋭い。本身《ほんみ》だ。

妖精は魔法少女になったといっていた。ピーターパンのフック船長を女の子らしくデコレーションしたような見た目だが、他の面々を見ると魔法少女というフレーズはしっくりくる。

「よっしゃあ！」

ガッツポーズを決めた。半錯乱《はんさくらん》状態にあった周囲の視線を集めたが気にもならない。

「魔法少女っていったっけ？」

「うん。あなた達には魔法の才能があるの。あなた達なら悪い魔法使いにだって勝てる」

「ふうん」

自分は悪い魔法使いに追われて「魔法の国」からここまでやってきた。やつらを放っておくと人間の世界を滅茶苦茶にされてしまう。どうにか撃退しなければ。といったことを縷々《るる》語りかけてくる妖精については適当に聞き流しておく。

「悪い魔法使いと戦って勝てばいいのね？」

海としてはやるべきことを確認したつもりだったが、妖精は戦うことについてのメリットを求められたのだと解釈したらしく、

「悪い魔法使いと戦ってくれるなら、あなた達はいつでも好きな時に魔法少女に変身できるようになるよ。それがわたしからのお礼」

メリットについて話し、賞品とした「魔法少女」についての説明も始めた。

「魔法少女はね。並の人間を遥かに超える力と速さ、それに一人につき一つ魔法の力を持っているの」

空間が瞬《また》き、なにかが散った。手元に重量を感じ、視線を下ろすとハート型の機械を持っていた。画面部分になにかが表示されているようだ。

「それは魔法少女だけが使うことのできる『魔法の端末』だよ。あなた達の魔法少女名と持っている魔法については全部そこに書いてあるから」

「随分と準備がいいわね」

妖精から配られた「魔法の端末」にはパーソナルデータらしきものが既《すで》に示されていた。画面にはデフォルメされた可愛らしい海賊船長が表示され、その隣に文字が並んでいる。

「キャプテン・グレース」これが名前だろうか。

「猛スピードで水の上を進む魔法の船を使うよ」こちらが魔法か。

「ちょっと佳代。あんたどんな魔法よ」

ステージマジシャン風の少女が持っていた「魔法の端末」を横から覗いた。名前は「ファニートリック」で、魔法は「隠した物を他の物と交換することができるよ」とあった。

「えっと……あなた、海ちゃん？」

「見ればわかるでしょ」

「見てもわかんないよ！　なにが起きてるかもわかんないのに！　海ちゃんはなにが起き

てるのか理解できてるの⁉」

「なんとなく」

「なんとなくじゃ困るよ！　どうしてこの事態を受け入れられるの！」

「いってたじゃない。朝から。予感がするって。ところであんたの網タイツエロいわね」

「そんなの今関係ないでしょ！」

海と佳代の話を遮《さえぎ》るように、妖精が宙を飛び、机の上に膝《ひざ》から着地し、

「お願い！　わたしを助けて！　わたしだけじゃない、世界を助けて！」

声を張り上げた。追い詰められているせいか行動がヒステリックになってきている。

「よし、やる」

やらないわけがなかった。待ち望んだ冒険が向こうから来てくれたのだ。妖精は零《こぼ》れ落ちるようなたっぷりの笑顔を浮かべた。

「本当？　ありがとう！」

「海ちゃん！」

「うるさいよ佳代」

「うるさいじゃないよ！」

これ以上佳代にかまっても仕方ない。海は妖精に向かって笑顔を見せた。

「とにかく、あたしと佳代はあんたに協力してあげるから」

「なんで私も協力することになってるの！」

佳代の悲鳴に割りこむようにして別の少女が話しかけてきた。

「ちょ、ちょっと芝原さん……でいいんですよね？」

「芝原だけど。そっちはひょっとしてモン……姫野センセイ？」

リボンでいっぱいに飾り立てられたバレリーナが大きく手を振り、憤《いきどお》りを見せていた。外見年齢は変身する前とさほど変わらない。佳代が「いってやってください先生」と頭を下げた。

「ダメですよそんな安易に返事をしたら！　よくわからないですけど悪い魔法使いと戦うなんて大変なことじゃないですか。そういうのはおまわりさんに任せましょう。少なくとも中学生がすべきことじゃありません」

佳代が「なんだかんだで先生も状況受け入れてるよ……」と呟き頭を抱えた。なにが不満だというのだろう。

妖精が顔を上げ、リボン少女に反論する。

「時間がないの。悪い魔法使いはもうそこまで来ている。それに警察じゃあいつらをやっつけることなんてできない。あいつらを倒すことができるのは魔法少女だけだよ」

「生徒にそんな危険な真似させられるわけがないでしょう」

「ここであいつらを止めないともっと危ないいんだってば！」

「いいじゃんやろうよ。きっと楽しいって」

「芝原さん！」

「こんな小さくて可愛い妖精を助けてあげないなんて、人間としてどうかと思うのあたし。せっかく頼ってくれたんだからそれに応えてあげるのが女子力ってもんじゃない」

ウェディングドレスの袖を引いた。七色衣装の顔を覗きこむ。

「今やらないと絶対損するから。別にみんながやらなくてもあたしと佳代二人でやるけど。でもどうせならやればいいいんじゃない？　ね、やろうやろう。きっと楽しいわ」

「やってもいいですよ」

ウェディングドレスの少女が立ち上がった。ご丁寧に火のついた蝋燭《ろうそく》とブーケまで持っている。

「ドッキリかと思いましたけど、その妖精、どう見ても生きてるじゃないですか。とんでもない力というのも嘘ではないみたいですから」

実験で使ったものだろうか。ウェディングドレスの少女は棚の前に置かれていた金属皿から十円玉を摘《つま》み取り、人差し指と中指のみを使い、ぐにぃっと曲げてみせた。

「受験勉強にも飽き飽きしていたところです。こういった力があるなら受験以外に道がひらけるかもじゃないですか。危険を冒《おか》すだけのメリットはあると判断しました」

「私も！」

　虹を背負った少女が右手を挙げた。

「私もやります！　ずっとこういうのに憧れてたんです！　たっちゃんもやるよね？」

　傍らにいた郵便配達人風の少女がおっかなびっくり周囲を見回してから、おどおどと首を縦に振った。

「メイもやる」

　上から声をかけられ、天井を見上げた。アラビアンナイトの踊り子っぽい露出度の高い衣装を身に着けた少女が、胡坐《あぐら》でふわふわと宙に浮いていた。

「メイは魔法少女やりたい」

「いいわ！　いい返事よ！　テンション上げて悪い魔法使いやっつけましょう！」

「だから！　なんで状況を受け入れられるの！」

　佳代が叫び、

「どうして皆即答するの！　どれだけ危険かもう一度よく考えなさい！」

　リボンの少女がどんと机を叩き、彼女の巻き髪がスプリングのように揺れる。机の上にいた妖精は勢いよく飛ばされ、七色の少女に受け止められた。机は哀れにも脚が一本中ほどから折れてしまい、斜《なな》めに傾《かし》いでいた。

「どうしてもあなたが止《や》めろというのなら」

　妖精は七色の少女に抱かれたままリボンの少女に向き直った。

「あなただけ記憶は消して魔法少女になったことも忘れてもらうよ。誰かに告げ口されたら困るもの。魔法に関することは全部秘密にしないといけないから」

「そんな勝手な……」

「あなたって学校の先生なんだっけ。先生が生徒を守りたいっていう気持ちもわかるよ。わたしは人間世界に詳しくないけど、先生っていうのはそういうものなんでしょ？」

妖精の表情がどこか大人びて見えた。夕陽に照らされているせいだろうか。

「だったら先生も一緒に戦ってよ。記憶を消されて普段の生活に一人戻るか、生徒と一緒に悪い魔法使いと戦うか、だよ。悪い魔法使いはもうすぐそこまで来てるんだよ。わたしだけの危機じゃない、世界の危機なの。お願いします。どうか助けて」

☆テプセケメイ

メイが持っている記憶と経験はごく限られている。なにか新しいことを知っても、すぐに上書きされていくため、ろくなものが残らない。残っている記憶にしても、それほどはっきりしているわけではない。生活に役立つこと以外はすぐに忘れてしまう。必要がないからだ。

ぼうっとしている時は、純粋にぼうっとしている。外から見れば物思いに耽《ふけ》っているように見えたとしても、メイは物を考えないし、思わない。そんなことをしても無駄以上にならないということを知っているからだ。

考えず、思わず、それが当然のものとしていたメイにとって、魔法少女になるということは過剰な自由だった。世界の全てが煌《きら》びやかに輝いている。相手の意思を受け取り、こちらの意思を同様の手段で伝えることができる。手足が軽々と自由に動く。飛ぶ、跳ねる、腕をぐるぐると回す、脚を組む、なんでもできる。

なによりも空を飛ぶことができた。ここに行きたい、あそこに行きたいと思った場所へ自由に移動することができる。何者もメイを阻《はば》むことはない。

他の者がよくわからない話をしている間、メイは今の自分になにができるのかを探し続けていた。早く動く、力が強い、空を飛ぶ。腹に手を当ててみる。どれだけ餌を食べても無くならなかった慢性的な空腹感、飢餓《きが》感がない。糞尿をしたいとも思わない。性的な欲求もなくなっている。

なるほど、と思った。得た物と同じくらい失った物も多い。ただもらっただけではなく、失くした物と交換して手に入れたということなのだろう。ここまで考え、自分がこうした勘定ができていることにも驚いた。足して引くことができる。

総じて楽しいことが多い。部屋の中だけでも楽しそうな物がいっぱいあった。あれをいじり、これに触り、噛み、叩き、転がし、色々やっている間に話は進んでいた。

メイは魔法少女でいたいことを伝え、他の皆も魔法少女でいたいのだということを知った。魔法少女は特別なものらしい。メイは誇らしくなり、誇らしい気持ちを少しだけ持て余しながらついていくことにした。羽の生えた小さな人間によれば「悪い魔法使い」というやつをやっつけないと魔法少女ではなくなってしまうのだという。それはとてもつまらないと思った。魔法少女になる前の世界は、いつまでも平穏で過ごしやすかったが、魔法少女の世界を知ってしまった後では戻りたいと思えない。

外に出るとより多くのことがわかった。魔法少女は「魔法」というものを持っている。メイは空気と同化することができた。空気と同化することによって空を飛ぶこともできていた。空を飛ぶ以外にもできることはたくさんありそうだ。

羽の生えた人間が皆に指示を出しているのをぼうっと聞いていると、虹の人間がメイを見ていたことに気がついた。虹の人間は話しかけてきた。

「つまらないんですか？」

「なぜ？」

「いえ。つまらなそうな顔だったから」

つまらないわけがない。生まれてからこれまでの間でこれほど楽しく面白いことはなかった。なのに虹の人間はメイがつまらなそうだという。

メイ以外の魔法少女達は声を出しながら顔の形を変えてコミュニケーションをとってい

る。肛門を見たり頭をぶつけたりはしない。メイは顔の形を変えようとはしなかった。それでつまらなく見えてしまったのかもしれない。

そう推測し、メイは虹の人間に顔を変えて見せた。顔を変えるだけでは足りないと思い、「ハハハハハハハ」と声も出してみせた。

これできちんと楽しくしているように見えるはずだ。なのに虹の人間はぺこぺこと頭を下げ「ごめんなさい」と謝りながらメイから離れていってしまった。楽しそうだと認めてくれたようには見えなかった。他の魔法少女達もメイのことをじっと見ていた。望まれている反応をとることができなかったらしいと気がついた。

もし機会があれば、次はもう少し上手くやろうとメイは思った。

魔法少女はとても難しく、同時にとても面白い。

☆キャプテン・グレース

教師というのは親と並んで面倒臭い障害だ。常に冒険を阻もうとする。

これだけ非現実的な、ファンタジーなことが、目の前で起きているというのに、どうしてああ浪漫《ろまん》もへったくれもないことを口にできるのか、海には不思議で仕方がなかった。

妖精が空を飛び、魔法の力を授《さず》けてくれるなんて、人間の一生で何度もあっていいことではない。むしろ一度もない方が大半ではないか。師弟の間柄とはいえ、その僥倖《ぎょうこう》を蹴り飛ばせと命じるなど傲慢《ごうまん》にも程《ほど》がある。断じて受け入れられない。

冒険がすぐそこに待っている！　息を切らせて走るのが礼儀ではないか！

幸いにして、妖精「トコ」は見かけより弁が立った。記憶を失い一般人に戻るか、魔法少女として教え子と一緒に戦うか、という二者択一《にしゃたくいつ》で、先生を説得してくれた。これで冒険を邪魔する存在は何一つとして存在しない。

姫野先生は不承不承《ふしょうぶしょう》ながら魔法少女になることをよしとし、一同はトコの指示に従って悪い魔法使いがやってくるという場所にまで迎撃の準備に向かった。

トコが悪い魔法使い迎撃地点として選択したのは、学校から百メートルほど山に向かって進んだ交差点だった。目に見える場所に学校以外の店舗や施設はない。住宅は疎《まば》ら、他にはせいぜい駐車場があるばかり。道幅はあっても路面の状態はいたって悪く、アスファルトのそこかしこに大小のひび割れが走っている。昼間は人、車ともに通りが少ない。とはいえゼロではない。

「ここで悪い魔法使いを迎撃するよ」

「ここで戦ったら見られちゃったりしない？　お約束的に魔法は秘密なんじゃないの？」

「確かに魔法は秘密なんだけど今は緊急事態だから。どうしてもまずいようなら後で目撃者の記憶いじるよ。警察や消防が来る前に離脱できてれば問題はないね」

トコによると、悪い魔法使いは魔法少女の居場所を探知できるかもしれないとのこと。そのため、海達は変身を解除して潜《ひそ》んでいなければならない。それぞれの潜伏《せんぷく》場所を指示され、人間の姿に戻ってじっと待つ。魔法少女としての素晴らしい力を知った後で人間になって戦いを待つというのはいまいち心もとない。見ればファニートリック……根村佳代も落ち着きのない様子で信号機の上を見ている。ここに来るまでもずっと落ち着きがなかった。自販機横に設置してあるゴミ箱の中を覗きこんだり、ちょっとした音にびくついたり、自動車が通る度《たび》身構えたりと挙動不審を極《きわ》めていた。

海は佳代の頭をむんずと掴んでぐっと引き下げた。

「あんたね。茂みから顔出してちゃ潜伏の意味がないでしょ」

「ご、ごめん」

「心配なのはわかるけどさ。今はトコ信じるしかないわよ」

手元のスマートフォンを見た。合図はまだない。

信号機の上に座るトコは姿を消していた。姿を消しているだけでそこにいる。魔法の端末を傍らに置き、敵がくれば魔法少女達に指令を出すという手筈だ。

海と佳代は信号機下のライラックの茂みに身を潜めている。学級委員と先生は駐車場の車を遮蔽物《しゃへいぶつ》とし、一年生二人は売り家のブロック塀の陰に隠れている。アラビアの踊り子は側溝《そっこう》の中に潜んでいるらしい。あんな場所でよくも隠れられるものだと感心する。

さっきまで見えていたはずの夕陽は、分厚くどんより濁《にご》った黒雲に覆われている。季節は十一月だ。人間に戻れば寒さを感じる。じっとしていれば凍《こご》えてしまいそうだ。コートの襟《えり》を寄せて腕を抱いた。寒風を直接吸いこんでしまったせいで鼻の粘膜がずきずきと痛む。寒さなどというつまらないものを気にしている自分に顔をしかめた。つまらないことを気にしているというのは集中力が欠けているということだ。

なったばかりの魔法少女で初の実戦だ。それで緊張しているのか。腰に佩《は》いた剣に手を伸ばすが空《くう》を切った。今は魔法少女ではなかったことを思い出し、また顔をしかめた。

「どうしたの？」

「なんでもない。あたしを気にするくらいならもっと自分のことを心配しなさいよ」

佳代は不安そうだ。海といる時は、いつだって不安そうだった。いつもの海なら、「娯楽としてのスリルを提供してるんだからいいじゃない」で笑って終わらせる。だが海自身が不安に思っているようでは屁理屈も理屈にならない。

そうだ。腑《ふ》に落ちた。久しく覚えず、これがなんであったのかを忘れていた。これは恐怖ではない。兆候《ちょうこう》だ。キャプテン・グレースの力をもってしてさえ生命が脅《おびや》かされるような、なにかが近寄ろうとしている。今までに何度かこうした予感があった。獣は予感に従って危険を避ける。海は危険を嗅《か》ぎ分けた上で足を踏み出す。危険があるのだと承知していればそれでいい。

冒険の準備を始めよう。海は危険を我が物にするためのルーティンを開始した。呼吸を浅く長く引き伸ばす。脳の奥にある感覚を緩める。これは他人に説明しても理解してもらえない。ピリピリをチリチリにする。細かいことがどうでもよくなる。身体の中の息を全て吐き出す。もう吐き出す息がない、と身体が伝えてきてからさらに一絞りを無理やり捻《ひね》り出す。寒風吹きつける茂みの中で伏せていたのに、身体が温かくなってきた。

静かにテンションが上がる。不安そうな佳代を見ても、もう苛立ちは感じなくなった。

「……来るよ」

繋ぎっ放しにしていたスマートフォンからトコの声が聞こえた。声質はそのまま、声量をぐっと落とし、たった三文字の言葉の中にひりつくような緊張感を滲ませていた。

まだ変身してはならない。茂みの中から道沿いに目を配ると白いワゴンが走ってくるのが見えた。他に人も車も見えない。海は道路標識を確認した。五十キロの表示。あのワゴンの速度は法定速度よりも十キロは遅い。さらにスピードを落とし、信号の二十メートルほど手前の路肩に寄せて停車した。

胃の中がざわついている。首筋の汗が腋《わき》の方へ垂れ落ちていく。風がライラックの茂みを揺らし、背の高い雑草が靡《なび》く。佳代が喉を鳴らした。海の感覚は、細かなこと全てを捉《とら》えている。集中力が足りていないのではない。全てを把握した上でワゴン車に集中している。悪くない仕上がりだと唇だけで笑った。

ワゴン車のドアが開き、中から人が降りてきた。フード付きのコートを着ている。フードを下ろしているため顔立ちや表情は隠れていた。この寒空の下、素足に直接有名スポーツメーカーのスニーカーを履いている。

「トコ」

若い女性の声だ。ただしドスを利かせている。姿を隠しているトコに対し、そこにいるのが当たり前であるかのように話しかけている。トコはからかうように軽い声で応えた。

「思ったよりも遅かったね」

「痛めつけられるか、優しく捕まるか、どっちがいいか選びなさい」

なるほど、確かに悪いやつではあるようだ。

「どっちも好きじゃないんだよなあ」

トコが姿を現した。合図だ。

魔法少女「キャプテン・グレース」に変身した海は、駆け出しざま剣を抜いた。後ろからは佳代がコンクリートの路面を踏み砕きながら走る音が聞こえる。二人の一年生、先生と委員長もタイミングを揃えて姿を現した。皆、魔法少女に変身している。アラビアの踊り子は蛇行《だこう》しながら宙へ上り、一気に下降し車に迫った。

☆ファニートリック

全員どうかしているのかと思った。付き合いの長い芝原海についてはまだいい。海が常軌を逸しているのは今に始まったことではないからだ。学級委員長という肩書に相応《ふさわ》しい知的な印象を持っていた結屋美祢《みね》。制服をきちんと着こなしている真面目な生徒という印象を持っていた二人の一年生。容姿こそ幼いながらも佳代達の二倍ほども生きていて人生経験はその分豊富なはずの姫野希先生。海のようにアバンギャルドな生き方をしそうな人はいない。はずだった。

悪夢のようだ。逆らうことが許されないまま連れてこられ、コスプレ魔法少女軍団は「悪の魔法使い」に襲いかかっている。相手が何者なのかも知らないまま、漠然《ばくぜん》とした「悪」というイメージに向かってワゴン車に群がっているのだ。野盗《やとう》かテロリストとやっていることは変わらない。

コートの女は車中に向かって何事かを叫びながら海に対し身構えた。その反応の速さに少し驚かされた。魔法少女と同じように素早いというだけでなく、こちらの動きの起こりを察知していたという挙動に見えた。誰よりも速く前に出た海が剣を横薙《よこな》ぎに振るい、相手は悠々《ゆうゆう》とした動きでその一撃を回避した。

ほっとしながらドキリとした。ほっとしたのは海が躊躇《ちゅうちょ》なく叩きこんだ「相手を殺し得る一撃」を回避されたことに安堵《あんど》したからだ。ドキリとしたのは相手が魔法少女に変身した海の攻撃を回避できるだけの素早さを持っていたからだ。

「どうして！　こんなに……大勢！」

女が叫んだ。同時にコートが破れてスニーカーが吹き飛んだ。

コートの下は着物だった。ただし裾《すそ》は膝上十五センチで、太腿《ふともも》を大胆に露出している。顔立ちは整っていて頭の上には兎《うさぎ》の耳という、どう見ても関係者以外ではありえない容姿をしている。

さらに車の中から運転手が顔を出した。こちらは、黒いコートにサングラスに黒い中折れ帽というマフィアの手下みたいな恰好をしている。

「想定より数が多すぎる！　一旦撤退するぞ！」

黒服は黒い棒のような物を抜き、窓の外に出した。棒の先をこちらに向けると親指大の炎の礫《つぶて》がぽんぽんと勢いよく飛び出てきた。マフィアに見えても魔法使いだ。変身した佳代……魔法少女「ファニートリック」は、こちらに向かって飛んできた礫を泣きそうになりながらステッキで叩き落とした。

乱れ撃ちに撃ちこまれた炎の礫は、意外性はあった。事実佳代は滅茶苦茶びっくりした。しかし速度は魔法少女達の反射神経に及ばない。剣で叩き落され、リボンに払われ、あっさりと消えてしまう。各人が防いでいる間、運転手は射撃を続けながら自動車を動かし、ぐるりと回ってUターンした。去り際にぽーんと放っていった投げ網《あみ》は、大きさはともかく速度は炎の礫より遅く、非致傷《ひちしょう》武器ということもあって心に余裕を持って避けた。が、一人引っかかった。ヨーロッパのどこかで働く郵便配達人といった格好の少女が網に絡《から》まってもがいている。

こういってはなんだが鈍《どん》くさい。確か彼女は一年生二人組の片割れだ。

車は網を投げたのを最後に走り去ろうとしている。虹の少女がそれを追いかけていた。

兎耳少女は残って戦っていた。

アラビアの踊り子が空中からのヒットアンドアウェイを繰り返す。兎耳はそれを避け、ウェディングドレスの少女を牽制《けんせい》し、佳代では攻撃の軌道《きどう》を見ることさえ難しい海賊船長……海の剣を捌《さば》いている。

佳代は足元を見下ろした。郵便配達人が網の中でもがいている。網を破ることもできず、かといって網は離れてくれず、もがけばもがくほど絡まっているようだ。可哀想に、と思った。明らかに彼女は戦いが得意ではない。なのにこんな場所に連れてこられた。妖精が出てきた時のことを思い返してみると、一人だけ乗り気ではなかったようにも見えた。友達の勢いに引きずられていたのではないか。まるで佳代のようだ。

佳代は足元の少女に呼びかけた。

「動かないで。なるだけ小さく丸まって」

怯《おび》えた顔でこちらを見上げる少女に精一杯優しく微笑みかけた。他人に優しくできる心の余裕がある自分に驚き、同病相憐《あいあわ》れむというやつなのかもなと自嘲《じちょう》した。郵便配達人の少女は佳代のいうことを聞いてくれた。網の中で膝を抱えて丸まり、佳代はそこにマントを被《かぶ》せて少女の姿を完全に覆い隠した。

佳代は……魔法少女「ファニートリック」は「覆い隠した物同士の場所を交換する」魔法を使う。やってることは手品と変わらない。タネがあるかないかだけの違いだ。

佳代は、ここに来るまでに自販機横のゴミ箱の中身を確認した。そこには空き缶が一つだけ収まっていた。ファニートリックの魔法を使うためには、交換する物の位置を把握しておき、なおかつ双方とも誰からも見られていない状態を作り出さなければならない。

佳代はステッキの先でマントをコツンと叩き、膨《ふく》らんでいたマントは空気の抜けた風船のように小さくなり、マントを剥《は》ぎ取るとそこには空き缶が転がっていた。

とりあえず助け出すことができた。魔法というのも役に立つものだと自販機の方を見ると、郵便配達人がゴミ箱から顔を出してキョロキョロと周囲を見回していた。

その横を猛スピードで逃げるワゴン車が通り過ぎ、それを追う虹の少女がゴミ箱の横で足を止めて郵便配達人を引きずり出した。虹色少女が叫んだ。

「こっちは二人いれば充分です！」

郵便配達人は虹に引きずられるようにして、逃げるワゴンを追いかけていく。あの様子では、なにが起きたのか理解しているかも怪しい。同病相憐れむという言葉が佳代の脳裏《のうり》に再び浮かんだ。

☆キャプテン・グレース

虹色衣装と郵便配達人の二人がワゴン車を追って駆けていく。魔法少女の脚力なら、車に置いていかれることはないだろう。あっちは放っておいていい。キャプテン・グレースがかかるべきはこっちだ。

兎耳はよく動いた。アラビアの踊り子が飛ばした見えないなにかをバックステップで回避し、バレリーナが伸ばしたうねるリボンをぎゅっと纏《まと》めて引き、バランスを崩した相手を蹴りつけた。蹴られた方はリボンで壁を作って受け止めようとしたが、壁ごと蹴り飛ばされて道路上を転がっていく。

逃げる車と兎耳。どちらかを選ぶとするなら兎耳。そちらの方が楽しそうだ。海としては、魔法少女同士で戦う方により強い浪漫を感じずにはいられない。

兎耳は強者だ。襲われたことに対する動揺を見せない。高所から襲いかかった踊り子の攻撃をなんなくかわし、四方から襲いかかった魔法少女を相手に攻撃全てを回避し続けるという離れ業を見せ、本来なら死角である背後と真上を含めたあらゆる方向から攻撃されているのに掠《かす》らせもせず避けている。

不用意にステッキで殴りつけた佳代が腕をとられ、振り回されそうになったところを海が受け止めた。ウェディングドレスも踊り子も中々手を出せないでいる。大小のリボンもどこか及び腰で敵に避けられていた。どうやら皆ビビっているようだ。炎の礫に怯えているのか、それとも敵の強さにあてられているのか。

丸腰相手に情けない、と心中で毒づき、改めて相手を見た。

あの兎耳も魔法少女の一種だろうか。

自分がそうであるように、魔法少女は強い。これだけ強い力を持つ魔法少女同士が戦ったらどんなことになるだろう。考えただけでもわくわくする。

「正々堂々真正面から」が芝原海の信条である。魔法少女達の攻撃を避け、受け、いなす兎耳の正面に回り、片刃の剣を逆に持つ。峰の部分を敵に叩きつけ、兎耳は咄嗟《とっさ》にしゃがんで攻撃をかわし、おっやるじゃんと思う間もなく兎耳は地面に手をつき、こちらに蹴りを入れ、予想外の動きに回避しきれず海の太腿から血がしぶいた。

かすり傷ながら怪我を負ったことで空気が変化した。海自身の持っている空気ではない。周囲の空気だ。悪の魔法使いを退治するというメルヘンな目的の元、魔法少女というファンタジックな存在となって戦おうというのに、躊躇ない武器の使用、さらに流血沙汰《ざた》で動揺している。佳代も、委員長も、先生も、海と違って暴力に慣れていない。

海はあえて大きな声で笑った。ここで慎重に動けば、敵に侮《あなど》られ味方の士気を挫《くじ》く。相手は悪い魔法使いだ。退いたら世界が滅ぶ。大上段に剣を構え、今度は刃を下に向けて振り下ろした。景気よく攻撃しているように見えるが、見せかけだ。敵からは大きな隙があるように見えているはずで、兎耳のレベルならきっとそこを突いてくる。それを返す。

さあ次の攻撃はどうした——と構えていたら兎耳が背を見せて走り出した。ステップを使ってくの字に曲がり、包囲していた魔法少女達を避ける形で走り去ろうとしている。慌てて剣を振るったが、身を低くして掻《か》い潜《くぐ》られた。

「逃がすか間抜けぇっ！」

間抜けと付けたのは自分に対する苛立《いらだ》ちの表れだったかもしれない。背中を見せた相手に斬《き》りつけるがすでに射程の外にいる。ヤケクソで剣を投げつけたが地に伏せて回避され、相手はそのまま四足動物のような姿勢で速度を落とさず走り続ける。

単距離での速度や敏捷《びんしょう》性なら、悔しいが相手の方が上のようだ。だが、長距離での耐久力で兎耳に分があるかどうかは試してみるまでわからない。わからないということは試す価値があるということだ。とにかく追いすがり、視界内から逃さなければ勝機はある。敵はまるで本物の兎のように手足をついて駆けていく。海は追いすがる。

道路上を真っ直ぐ走り、学校の前を抜けて農協のビルを駆け上り、屋上から跳んで倉庫の上に着地、そこからさらに地面へ下りて走ったところで兎耳の速度が若干《じゃっかん》減じ、距離が縮まった。

――しめた！

海が手を伸ばし、敵の襟を掴む寸前、太腿に強烈な衝撃を感じて跳ね飛び、足を止めて身構えた。兎耳ではない。こちらに攻撃したという動きはなく、文字通り脱兎《だっと》のごとく逃げていき、すぐに姿は見えなくなった。海は周囲に視線を飛ばした。

誰かに攻撃をされた？　いや違う。こちらに意識を向けている者はいない。人通りはない。隠れている者がいる？　どこに？　歩道と車道、後は畑くらいしかない。

強い衝撃を感じたのは、さっき兎耳の蹴りを避け損《そこ》ねて攻撃が掠めた箇所だ。けして深い傷ではなかった。太腿に指を這わせて触ってみると、やはりかすり傷はかすり傷のままだ。衝撃と痛みはあったがダメージはない。かといって錯覚でもありえない。

残ったのは事実だけだ。海は兎耳を逃してしまった。

☆レイン・ポゥ

人間を含めたあらゆる動物がそうであるように、魔法少女にも個体差がある。それは固有の魔法だけでなく、身体能力にも大きな差が出るということだ。兎耳に向かっていた四人にもかなりの差があった。アラビアの踊り子は素早い。海賊は素早く力も強い。リボンはそれに比べると大分落ちるが、まだ戦える方だ。ウェディングドレスは牽制の役を果たすのがやっとだろう。

今、魔法少女「レイン・ポゥ」の後ろを走っている魔法少女……酒己達子が変身した魔法少女は、ウェディングドレスと比べてさえ動きが鈍い。はっきりいってしまうと鈍重《どんじゅう》だ。力も強そうには見えない。

レイン・ポゥは心配そうに声をかけた。

「たっちゃん、大丈夫？」

「うん……大丈夫」

それでも息を切らせず車についていくくらいのことはできているようで、ほっとした。

レイン・ポゥは達子を置き去りにはせず、かといって車に引き離せはしない速度を維持したまま追い続けた。真っ直ぐ走り続けてバイパスから高速道路にでも出ない限りはどこかで曲がらなければならない。そうなれば時速百キロオーバーを維持することはできない。高速道路に出れば出たで今度は遠慮なくこちらも速度を上げることができるようになる。

つまりどちらに転んでも問題はない。

レイン・ポゥは達子がついてきているか確認し、時折心配そうな目を向けながら徐々に速度を上げ、ワゴン車は歩行者を轢《ひ》きかけたり対向車から猛烈なクラクションを浴びたりしながらも速度を落とさず脇道に曲がった。

——よし！

土地勘はこちらの方がある。この先は裏道で道幅も狭く曲がり角が多い。それを全て抜けて大通りまで出たとしても、この時間帯は会社帰りの車で混雑している。渋滞になっていることも珍しくはない。

だが、決めるとしたら目撃者が多数いる大通りよりは人目のない裏道か。レイン・ポゥはブロック塀を蹴り、その反動で松の木に跳び、そこから電線を掴み、足元から目標まで一直線に走る「虹の橋」を作った。製作時間はゼロ秒。これがレイン・ポゥの魔法だ。

ただの虹ではない。強度がある。レイン・ポゥは虹の橋の上を走ってワゴン車に向かった。車が道を曲がらなければならないのと違い、こちらは道を無視し、空中にかかった橋の上を一直線で進むことができる。車の速度から移動する位置を読み、そちらに向かう。

しかし異変が起きた。突如ワゴン車の後部から煙が噴き上がった。レイン・ポゥは虹の橋から飛び降り、同時にワゴン車がどこかにぶつかった音が響き渡り、地面が揺れた。灰色の煙はより激しさを増して噴き上がる。

口元を押さえて上を見た。煙越しに人影のようなものが見える。屋根の上を走り、二つに分かれて別方向へ駆けていく。

煙幕を張り、二手に分かれて逃げたのか。

「ど、どうしよう、香織ちゃん……」

「えっと……こっちも二手に……分かれる？　とか？」

「ええぇ……」

「よし、そうしよう！　たっちゃんは向こうを追って！　私はこっちに行く！」

「う、うん……」

達子がブロック塀に足をかけ、屋根の上を走っていく。レイン・ポゥも走り出そうとして視線を感じ振り返った。三歳くらいの子供を抱えた中年女性が怯えた目でレイン・ポゥを見ていた。レイン・ポゥは女性に向けて右手を開き、

「ハッピーハロウィーン！」

と笑いかけた。女性の顔が「ああ、そんな季節だったっけ」という表情に変わるのを確認してからレイン・ポゥも屋根に上った。

☆ウェディン（残り時間二十三時間五十分）

結屋美祢は全てを損か得かで判断する。母からは「もうちょっと損得抜きで物事考えなさい」といわれることもあるが、間違っているとは思わない。

別に友情や愛情を否定するわけではないのだ。お金や地位やその他大事なものと比べ、その上で友情や愛情を選択した方がいいならそっちを選べばいい。勉強によって得られる

物が遊びによって得られる快楽より大きければ勉強をすればいい。勉強のストレスが大きくなるようなら趣味で解消する。美祢の場合はアニメのＤＶＤを借りてきて視聴する。比べて、選ぶ。シンプルでわかりやすい。一部のクラスメイトから「内申《ないしん》稼ぎのポイントゲッター」と陰口を叩かれても、そのストレスと比べて内申書が大事ならそちらをとる。そういった連中は切り捨てつつ、他のクラスメイトには親切にする。ノートを写させてやったり、相談に乗ってやったりといった行為には見返りがある。人望というメリットがあるなら美祢は親切を切り売りする。

「魔法少女」という幼い頃からの夢があれば、勿論それを取る。悪の魔法使いとの戦いなど魔法少女になれることと比べれば大したものではない。

海賊は警戒を怠《おこた》らない様子で戻ってきた。兎耳はいない。逃がしたようだ。

「ちょっとちょっと！　逃がしちゃダメじゃない！」

魔法少女を扇《おうぎ》状に並ばせてぷりぷりと怒っていたトコは、今度は海賊に矛先《ほこさき》を変えて怒りをぶつけ、さらに虹と郵便配達人が空手で戻ってきたのを見てその怒りは爆発した。

「なんで逃がすの！　あんだけ有利に戦ってたのに！　余裕なんてたらふくあったでしょ！　調子こいてるからいけないんだよ！　もう！　バカバカバカバカ！」

「戦いもしないやつがなにを偉そうに」

美弥が思わず吐き捨てた言葉にトコは敏感に反応した。

「はあ？　戦いもしないやつってあんたね。あんた達を魔法少女にしたのはわたしだよ？　わたしがいなければあんた達は魔法少女になれなかったの！　逃がしておいて文句いうなら他の子を魔法少女にしてもいいんだからね！」

美弥は唇を噛んだ。苛立ちを思わずぶつけてしまったことは否定できないが、それにしても腹が立った。今のトコの発言は、少なくとも助けてもらっている立場から出たとは思えない。

トコを無視するかのように海賊が一歩前へ進み出た。

「この傷」

海賊は太腿を指差した。血が流れている。美祢も見ていた。兎耳のキックが掠めて出血したのではなかったか。

「大きな刃物で斬りつけられて鋸《のこぎり》挽《び》きにされて塩をすりこまれておろしをかけられて山葵《わさび》を塗られたみたいな痛みを感じたのよね。これって相手の魔法だったりするの？」

「そりゃ悪い魔法使いだもの。魔法だって使うでしょ。そんなことよりさっさと追いかけてやっつけちゃわないと」

虹少女がおずおずと片手を挙げた。

「私達の方は煙でなにも見えなくなっちゃって。車は止まったんですけど、中の人達が逃げちゃったんです。手分けして周囲を探したんですけど見つからなくて……一応、敵が乗ってた車は隠しておきました」

魔法少女の脚力なら追いつけるだろうという判断に間違いはなく、搭乗者と戦いになっても制圧できるという判断も間違いではなかったのだろう。攪乱《かくらん》された挙げ句に逃げられるという可能性は頭の中からすっぽり抜け落ちていた。

美祢はふうと息を吐いた。

「反省すべきを反省しないと次のステップには進めませんね」

「いつまで反省してんの！　あいつら追いかけるのが先決でしょ！　悪い魔法使いなんだよ！　世界がピンチになるの！　みんなの家族だって危ないいんだから！」

「無策で追いかけるより考えるべきです」

魔法少女という強大な力を手に入れ、それを存分に使える遊び相手として悪い魔法使いの元に向かった。油断はなかったかというと、油断しかなかった。相手は魔法少女と同等かそれ以上に強い。しかも強いと思っていた自分の力は魔法少女間の戦闘においてはそれほど大したものではなかった。海賊の動きも兎耳の動きも目で追うのがやっとだった。

自分の魔法「約束の強制」は戦闘中に使えるような魔法でなかったから仕方ないとしても、他の魔法少女達はなにかしら魔法を使えるタイミングがあったかもしれない。知らなければそれを指示することもできない。

いや、むしろ自分の魔法を戦闘中に使用する方向で考えるべきか。どちらにせよ他の魔法少女の能力を知っておいた方がいい。

「あたしも委員長の意見に一票入れるわ」

海賊が賛成の意を示した。だが呼び方には不満がある。美祢は首を横に振って親指を立てて自《みずか》らを指した。

「私は委員長ではない。ウェディンです。魔法少女としての名前はウェディン」

そういったキャラクターになったからには、はっきりとさせておくべき点だ。敵役がヒロインの名前を叫ぶとしても「おのれキューティーレッド！」であって、「おのれ田中良《たなかよし》子《こ》！」は有り得ない。

「なるほどね。名前も知らなかったわけか。それじゃ連携もできっこないわ。あたしはキャプテン・グレース。これからよろしくね、ウェディン」

「こちらこそよろしく、キャプテン・グレース」

握手し、小さく頷《うなず》き合った。考えていることは似たようなものだろう。

「あたしとしたことがテンションマックスでちょっと急ぎ過ぎてたわ。まずはお互いに自己紹介しましょう。もちろん名前だけじゃなくて、魔法とできれば身体の強さも」

小さな身体でよくもそんな大きな声が、と感心する大声でトコがブーイングを入れた。

「ぶーぶー！　それよりも早くしないと！　逃げられちゃうよ！」

「逃げた相手はもちろん捕まえるわよ。当然じゃない。それはそれとして、最善を尽くすべきでしょ。獅子《しし》は兎を追うにもどうとかっていうし」

「同感ですね」

「メイも反省というものをする」

「まだるっこしいなあ！　もう！　あいつら全員やっつけないと正式な魔法少女にはなれないんだからね！」

「反省はいいですけど……場所、変えませんか？」

リボンの少女……確か姫野先生だ。世間体を考えているのか、周囲を気にしていた。魔法少女の脚力で踏みしめられ補修必須なくらい削られて砕かれたアスファルト。道の真ん中で横たわるゴミ箱。そしてコスプレのような格好をした少女達。

人気《ひとけ》がないとはいえ、人家《じんか》がある。大きな音に驚いてか何人かの野次馬がこちらを見ていた。野良仕事姿の老爺《ろうや》と老婆《ろうば》が「テレビ局の撮影かなにかか」といったことを話しながら指を差している。専業主婦風の中年女性が異様な物を見る目を向けていた。五歳くらいの女の子が目をきらきらと輝かせている。

この程度の野次馬だけで終わるはずもない。日本の警察は優秀だ。パトカーもほどなくやって来るだろう。

第二章　愛とハートに溺れて

☆7753

独自に開発した魔球によって強打者を次々と打ち取っていくプロ野球選手。散弾銃まで持ち出す激しい銃撃戦の末に凶悪犯を制圧する刑事。広間に関係者を集めて推理を披露《ひろう》し、犯人を見事指摘する私立探偵。

こういった通俗的かつ浪漫的な活躍は、フィクションの中でのみ楽しむことができる。その職種に従事する当人達にとっては、あくまでも妄想、笑い話の域を出ないものだが、魔法少女の一部は「ファンタジックな大活躍」を笑い話で終わらせない。

魔法少女「7753《ななこさん》」のように指導面接メンタルケアを専門としていると、ひたすら浪漫を追い求めている魔法少女に出会う機会が多い。

魔王だったり邪神だったり科学文明の歪《ひず》みだったり異世界から送られてきた刺客《しかく》だったり、そういった「まだ見ぬ強敵」との戦いを夢見て鍛錬《たんれん》の日々を送る魔法少女の数は、本気で魔球を開発しようというプロ野球選手に比べて遥かに多い。7753が出会った例だけでも両手の指が足りなくなる。

たとえば、いつか起こるであろう世界の危機に備えて訓練をしているんですと胸を張る魔法少女がいた。彼女のトレーニング場には蹴り砕かれた岩石の欠片《かけら》が転がっていて、そのキラキラ光る美しい瞳を見ると「世界が危機に瀕《ひん》しているならもっと強い人が出張《でば》ってきてくれます。あなたの出番はありません」とも「世界の危機を心配する前に町の治安を心配してください」ともいい出せず、散らかした岩石は片付けるよう力ない笑顔で指導するのが精一杯だった。

配置換えで別れてから顔を合わせたことはない。彼女は今でも「いつか起こるであろう世界の危機」を夢見て岩石を破壊しているのだろうか。

「戦うに値する相手を求めている」という魔法少女もいた。彼女にとって戦うこと自体が目的であり、正義とか悪とかイデオロギー的な問題は不純物でしかなかった。

彼女が大木の幹に軽く触れると、触れた側と逆の幹が弾け、割れ、木の葉が飛び散り、7753は「この技なにかの漫画で見たなあ」と思ったが口には出さず、自然破壊は慎《つつし》むよう力ない笑顔で注意するのが精一杯だった。

「これが現在の私です。力量は並の魔法少女が到達できる先の先の彼方にまで達している」

「はあ」

「マスター！　私に機会を！　力を振るう場をお与えください！」

「はあ……」

彼女は程なく転属となった。力を振るえる場所に異動できたことを祈るのみだ。

「魔法という技術を不確かで曖昧なものとせず体系化して研究すべきだ」という学究の徒が来たこともあったし、「科学文明を超える力を持つ私達こそが世界を支配し統括すべきなのではないか。我欲のみで動く人間達にこれ以上任せていてはいけない」という革命家もいたし、「我が国の凋落《ちょうらく》と停滞を吹き飛ばすためには魔法少女の力が必要不可欠である。最強の安全保障となり得るのだ」という国士もいた。

「担当地区を越えて積極的に人間世界に関わるべきだ。魔法少女が本気で取り組めば悲劇は押し止《とど》められる」と主張していた少女は、中東に渡って政府を一つ叩き潰し、その後も悪い魔法少女を次々とやっつけて「魔法少女狩り」なる物騒な異名を奉《たてまつ》られた。

７７５３は「魔法の国」が自分をどう扱っているのかを既に理解していた。

夢と力に溺《おぼ》れた問題児ばかりが送りつけられてくる。そして彼女達は一週間から半年程度の時間を置いて配置換えになる。ベルトコンベアのように次から次へと魔法少女が送りこまれては消えていく。

彼女達については報告書を出すことが義務付けられている。７７５３は自分の魔法で得られた情報を元にして報告書を作り、提出する。

7753の魔法は情報の可視化だ。高尚《こうしょう》なことをしているわけでも難解なことをしているわけでもない。行為とそこから得られる結果は実に安っぽい。

魔法のゴーグルを通して対象を見、そこに表示される様々なデータを知ることができる。要するにロールプレイングゲームのステータス画面のようなものだ。

ゴーグルの照準に対象を捉えると、ピピピピッという電子音とともにデータが表示される。知力、体力、戦闘能力という大まかなパラメーターから、腕力、握力、摘まむ力、指の強さ、爪の硬さといった細かいパラメーターまで、ダイヤルを調整するだけで、ほぼ無限の情報を得ることができる。得られる情報は数値化できる物に限らず、趣味や嗜好、相手が魔法少女なら固有の魔法まで、その人の全てが網羅《もうら》されていた。ただ、数値化される能力についてはハートマークの数で表され、文章表現は「～ができるよ」「～を使うよ」「～が好きだよ」といった幼児的で舌っ足らず口調で表記されているあたり、変なところで魔法少女的だといえる。

この魔法は「魔法の国」にとって都合の悪い魔法少女を炙《あぶ》り出すのに便利だ。どんなに繕《つくろ》おうとも7753の魔法を騙《だま》すことはできず、隠れた問題児は露出した問題児となって「魔法の国」が把握するものとなる。もっとも大抵の問題児は隠れようとする素振《そぶ》りさえなかったが。

７７５３は与えられた任務を粛々とこなしていった。「魔法の国」がそうした働きを求めているのであれば、それに応えるまでのことだ。

他に使い方を思いつかなかったわけではない。もっと大きな都市に行って隠れ潜む犯罪者を探し、摘発することもできる。テロが横行する国に出向き、無辜《むこ》の一般人に混ざって生活するテロリストを検挙することもできる。

きっとそれは有意義な魔法の使い方なのだろう。だが「魔法の国」に逆らってまですることではない。「魔法の国」が問題児の洗い出しに使用せよと命じるのならばそれに従う。

七谷《ななや》小鳥《ことり》が魔法少女「７７５３」の力を手に入れてから七年が経過している。夢と希望に溢れた少女はベテラン魔法少女になった。夢と希望に溢れていた頃に比べれば、世間というものを知っている。強さに溺れることもない。

７７５３より強い魔法少女は山といるし、限界まで強さを求めたところで、その使い方を決めるのは「魔法の国」でしかないのだから。

「魔法の国」は金銭的に困窮《こんきゅう》しているわけではない。ただ、金の使い所を絞っている。要するにケチだ。魔法少女達は基本無報酬でこき使われるボランティアで、不満があれば辞めてくれていいと――人によってはかなり直接的に――いわれている。

魔法少女活動に注力するため生活保護を受けている者がいるという生々しい噂を聞いた

こともある。たぶん噂だけのことではないだろう。

このようにブラック丸出しな「魔法の国」でも金を出すことはある。手放したくない人材を囲いこむため給与という形で餌を与え続けるのだ。対象は、一定の地域を纏めている管理者だったり、人材を発掘しているスカウトだったり、能力、技能、経験、魔法、諸々の理由から「魔法の国」が専業で尽力《じんりょく》して欲しいと願っている極《ごく》一部の魔法少女に限られている。

7753もそうだ。人事部門に属する魔法少女として「魔法の国」から定期的に給金を受け取っている。

名誉なことであると同時に選択の幅を狭《せば》められるということでもある。魔法少女以外に表向きの職業を持っていれば、魔法少女を辞めてもその職業で食っていくことができる。そういった兼業魔法少女に比べ、専業魔法少女に逃げ場はない。

囲碁や将棋の棋士、歌手、俳優、芸人、漫画家、小説家、プロスポーツ選手、挫折《ざせつ》した時に潰しが利かない職は多いが、魔法少女はその中でも群を抜いて潰しが利かない。棋士でも漫画家でも経験と技能は残る。魔法少女にはそれさえも残らない。記憶が消されてしまうため、本当になにも無いまっさらな状態、技能ゼロ経験ゼロ職歴ゼロの人間として世間の荒波のただ中に放り出されてしまう。

そういうことを改めて考えてみると、いつもぞっとしてしまう。もう魔法少女以外の生き方はない。

力を求め、夢を見て、未来を目指す魔法少女達は美しかった。彼女達の在り様に憧れを感じたことも一度や二度ではない。だが、憧れは憧れで留《とど》める。自分に出来ない生き方をしている者に憧れるのは人の常《つね》だ。実際に同じ生き方をなぞる必要はない。７７５３は夢の中ではなく、現実で生きている。

職業魔法少女は福利厚生とは無縁だが、現金収入はけして少なくない。可能な限りの節制を心がけ、無駄遣いを慎み、給金から預金を積み立て、先日ようやく一千万貯めることができた。通帳を通して確かな満足感が伝わり、数字を見詰《みつ》めながら静かに涙した。

悪いことをして蓄財している魔法少女がいるという噂も耳にするが、危ない橋は渡らない。馘首《クビ》の原因にでもなれば本末転倒だ。少しずつでいいから確実に貯める。

貯めるなら堅実にいく。だが、まだ足りていない。魔法少女を辞めた後の人生は長い。今住んでいる家にしても築三十余年になる。建替えやリフォームやその他諸々を考えても一千万程度はすぐに溶けてしまう。

両親は数年前立て続けに他界した。残されたのは僅かな貯金と株券、土地付きの持ち家のみ。親戚連とはその折に顔を合わせたきりで、それ以来会っていない。

両親が他界してからしばらくの間は激動だった。

まず上司が左遷《させん》された。

両親以外で唯一頼りになりそうだった人物である直属の上司は、いかにも「できる女」で風采《ふうさい》良くきりっとしていて「なにかあればケツは私に持たせるよう」と請け合ってくれたが、別の部下の不始末という7753にはどうしようもない理由で左遷されてしまった。長年に渡って世話になっていたというのに挨拶することもできなかった。

そしてすぐに後任と顔を合わせた。

後任はなんとなくぽわんとした風体《ふうてい》の魔法少女だった。以前の上司に比べて頼りになりそうにはなかったが、異例の出世を遂げた新鋭であるという噂もあり、家族に魔法少女と関係の深い者がいたおかげでコネ出世したに過ぎないという陰口もあり、ぽわんとした印象の通り、いまいち掴みにくかった。

7753の魔法を使えば正体を把握できるかもしれなかったが、上司の前ではゴーグルは外すようにしていた。当然だ。上司相手に使ったら気を悪くさせるだろう。たとえ上司でなくとも許可を得ずにデータを見るのはマナー違反だ。

新しい上司は外したゴーグルに興味津々で「預からせてもらおう」とゴーグルを手に取った。それを持っていかれては通常業務に差し障《さわ》りがあるのだと何度も説明したが、上司は聞く耳持たずに持って帰ってしまい、数日後、簡易書留郵便で送り返されてきた。

「改良した。こちらに直接情報を転送できるようにしたので今後報告書は不要」という手紙が添付《てんぷ》されていたので、丸めてゴミ箱に放った。人を食ったような話だ。ゴーグルを離してから変身解除をすればゴーグルだけ残ること、魔法のゴーグルなのに改造できること、等々、本人でさえ知らなかったことをいろいろ教えられたが、その時は驚くより先に腹が立った。

７７５３という魔法少女の根幹ともいうべきゴーグルを無理やり持っていった上に許可を求めず作り変え、詫《わ》びの一言さえない。ここから導き出されるキャラクターは、自分勝手な合理主義者。ゴーグルを通して見たわけではないが、この印象はきっと間違っていないだろうと確信した。前の上司よりは頼りにできそうにない……というより下手に頼ったら切り捨てられてしまいそうだ。

当時は憂《う》き身《み》を嘆いた。嫌な上司の下についてしまったものだと沈んでいた。

やがて月日は経過し、春が夏に、夏が秋になった。

人間というのは現金なもので、大過なく生活するうちに「報告書を作らなくてよくなったのは確かに楽でいいや」と思えるようになった。７７５３の魔法で得られる情報は詳細を極め、それ故《ゆえ》に報告書作成に酷く時間をとられていた。改造ゴーグルのおかげでそれはなくなり、のんびりできるようになった。

それに加え、死ぬまで固定給なのだろうと悲観していた給金が三割増したことで、上司には感謝の念さえ覚えた。自分がエリートの下できびきびと働く優秀な職員になったような気がして、昇給を伝えられた晩は商店街のくじ引きで当てた外国産黒ビールを三本あけた。日本の規格とは違い、瓶《びん》の形が鋭角で面白い。久方ぶりのアルコールは胸に滲《し》みた。魔法少女に比べると人間は刺激に弱い。

生活の余裕は心の余裕に繋がる。部屋の掃除も桟《さん》や枠といった細かい所にまで手を入れるようになったし、除草剤を使わずに庭の草むしりをするようになった。野菜でも植えて小さな菜園風にしてやろうかなと考えている。

こうして７７５３の生活は充実の度合いを深め、以前は面倒臭いだけだった出張にも笑顔で出かけられるようになり、現在に至る。

起きてから見覚えのない天井をぼんやり眺め、ホテルに泊まっていたことを思い出した。久々の出張だ。掃除も炊事も自分以外の誰かがやってくれる。食事代も交通費も経費で落ちる。風呂に入るだけでも頭をぶつける狭い部屋だったが、ホテルというやつは、一人暮らしにとって得がたい幸福感がある。魔法少女の主な活動時間帯は夜だ。二度寝、三度寝をして幸せを噛み締め、夕刻になってから悠々と起き上がった。

七谷小鳥は起きてすぐ顔を洗う。こうしないとしっかり目が覚めない。前の上司からもらった魔法の洗顔料は、それだけですっきりさっぱりと余分な皮脂《ひし》を落としてくれる。

ちらほらとしか人がいないビュッフェでサラダとソーセージを食べながら夕刊を読む。

レタスのサクサクという食感が心地よい。パンに杏のジャムを塗り、温《ぬる》めのミルクで喉を潤《うるお》す。なんとなくテレビに目をやる。夕方のニュース番組だ。画面の中で姦しく笑う女子高校生達を見て、綺麗だなという感想を抱く。

魔法少女をやっていなければ、ああいう青春時代があったかもしれない。

魔法少女である自分のことばかり考えて、人間としての生活を二の次に置いていた。女子力とか自分磨きとかそういうものは関係がないと思っていたが、鏡で改めて顔を見てみると年齢相応より老《ふ》けているかもしれない。黄金は磨かなくても綺麗に輝くだろうが、鉄は磨かなければただ錆《さ》びていくだけだ。

せっかくB市にまで来たのだからと、市内の美容室に予約を入れてある。雑誌で紹介されていた有名店だ。あくまでも出張のついでであると自分にいい聞かせる。

いやついでとは違うか、と頭の中で訂正した。そもそもこれは無駄遣いではない。必要経費だ。人間の生活と魔法少女の生活をバランスよく送ることでより充実した生き方ができる。はずだ。確かに魔法少女に変身したままでいれば、食費を筆頭に様々な予算を切り詰めることができるし、デビューしたばかりの頃はそんな生き方をして預金をしていた。

だが、魔法少女に変身すれば可愛らしくなるからといって、人間時の身だしなみを無視していいわけではない。年齢を重ねるごとにその重みは増していく。大人になれば、ちょっと外に出て買い物をするだけでも社会性が要求されたりする。

小鳥は部屋に戻ってスケジュール帳をチェックした。以前はこんなに洒落《しゃれ》た物を持ち歩いたりはしなかった。革表紙のけっこうな高級品だ。給料が増えなければ買おうとも思わなかっただろう。

昇給がこんなに気分の良いことだとは思わなかった。世界が一変したような気がする。年功序列、定期昇給、終身雇用といったシステムは人間の心を掴む上手いやり方だったんだなと感心した。

今日の予定はもうすぐ研修に来ることになっている魔法少女との顔合わせだ。深夜になってから行けばいいので、午後は予約時間までに美容室へ行く。それまでにしておかなければならないこととしておきたいことを頭の中で並べ、吟味していると、魔法の端末が着信音を奏でた。上司からだ。メールでなく電話で連絡が入るとは珍しい。

小鳥は7753に変身してから魔法の端末を手に取った。変身後と変身前では声が違う。仕事の電話を変身せずに受けたのでは油断のそしりを免《まぬが》れ得ない。魔法少女のビジネスマナーというやつは妙なところで面倒臭い。

「はい、こちら7753です」

「緊急の要件だ。ソーサインがB市に出向いている」

声色《こわいろ》から緊張が窺《うかが》える。B市というのは現在7753が出張してきているこの町のことだろう。ソーサインというのが上手く漢字に変換できずに五秒ほど考えた。

「ソーサイン？」

「捜査員だよ。魔法少女犯罪の捜査に従事している職員」

「ああ、なるほど」

「凶悪犯がB市《そちら》に潜伏《せんぷく》しているという情報を入手し、捜査員が向かった。先ほど犯人と接触したが敵の戦力が予想以上で撤退したということだ」

　魔法の端末を握る手に思わず力が入った。

「それは、つまり、どういうことでしょうか」

「死人も出ているらしい。周辺の魔法少女にはサポートをするようにと要請がかかっている。それには出張でB市に出向いている君も含まれる。どうしてもこちらの人間を一人送りたいんだ。君が出張しているという僥倖《ぎょうこう》を利用する」

　僥倖どころか不幸以下だ。

「そんな危ない話、私じゃ足手まといになっちゃいますよ」

「どうせ市外へ出ることはできないんだ。外交部門が応援要請にかこつけて結界を張った」

「はい？」

「犯人を市外へ逃がさないという建前ではある。しかし市内の魔法少女にとっては閉じこめられたのとなんら変わらないだろう。結界は魔法的な要素を通さない。変身する前の魔法少女であっても例外ではない」

「そんな無茶な」

「どうせ逃げられない。一人でいるより専従の捜査員と一緒にいた方がよほど安全だよ。下手に単独行動をしていれば犯人の一味と判断され攻撃されるかもしれない」

「いや、でも」

「詳しいことはメールで送っておく。時間の余裕はさほどない。報告は密に。つまらないと思えることであっても自分一人で判断するな。それと身の安全には気をつけるよう」

最後の一言が、とりあえずで付け加えたように思えたのは、７７５３の被害者意識がそう聞こえさせたからかもしれない。

日常が瓦解《がかい》していく。しばし呆然《ぼうぜん》とし、なにも考えないまま自分以外のなにかに動かされるようにメールをチェックした。上司からのメールが届いている。即開く。文面に目を走らせる。待ち合わせ場所は駅前のホテル。待ち合わせ時間はもうすぐだ。魔法少女には変身せず訪れるようにと注意を促《うなが》してあった。

とりあえず美容室の予約を取り消そう。ぼんやりとそう思った。

合流する前に街を歩いてみることにした。外へ出てみると空は濃い曇り空で、暗灰色《あんかいしょく》の天蓋《てんがい》が地平の果てまで延々と続いている。照明があった分、中の方が外よりも明るかった。夕方だというのに夜に近い暗さだ。行く末を象徴しているようでうんざりする。

泊まっていたホテルから歩いて五分の交差点まで向かう。すぐそこはもう市外だ。空気が美味い、というわけでもない。空気の冷たさが喉に染《し》みる。半端な田舎だ。

駅近くのスクランブル交差点は半端な田舎なりに人通りが多く、コートを着こんだ学生やサラリーマン風の男女が脇目も振らずに歩き、赤信号で一斉に止まり、青信号で一斉に動き始める。小鳥も同じように動いていたが、横断歩道を渡りきる直前で見えない壁に額をぶつけてうずくまるハメになった。単純に硬い壁にぶつかったというだけではない。触れた瞬間、腰が崩れた。叫ぼうとしても声が出ない。頭が奥から痺れた。視界が一瞬真っ赤になってじわじわと元に戻ろうとする。両腕を抱いてへたりこんだ。

強烈な眩暈《めまい》に襲われた。呼吸ができない。地面がどこにあるかさえ定かではない。

横断歩道の隅を歩いていたこともあり、後ろから挟撃《きょうげき》されることこそなかったが、道行く人々から不審げな目で見られるのは避けられない。転がり、這いずり、這《ほ》う這《ほ》うの体《てい》で歩道まで戻り、大丈夫ですかと心配そうに声をかけてくれる人には力ない笑顔で手を振り、街路樹を支えにようやく立ち上がった。口の端に冷たさを感じ、手で拭《ぬぐ》うと涎《よだれ》がついてきた。ハンカチを取り出し拭き取った。

これが結界か。一般人は普通に行き来していても、７７５３はこれ以上先に進めない。魔法的なものであれば、なんであろうと弾かれると聞いたが、ここまでのダメージを受けるとは。触るだけでも行動不能になりかねない。もしなにも知らず自動車や電車で結界の外へ出ようとしていたら、と思うとぞっとする。

諦めて戻ろうとしたところで歩行者用の青信号がちょうど点滅し終えていることに気がつき、小鳥は慌てて駆け出した。

魔法の端末を取り出し、時間をチェックする。集合時間まではもう少しある。指でちょいとスライドさせ、次は周辺の地図をチェック、近くの児童公園を探し、そこへ向かった。ベンチに腰掛け、メールを開き、上司から送られてきた資料を閲覧する。

資料には、犯人の詳細について記されていた。詳細といっても名前や所属はまだ明らかになっていない。ほぼ謎の殺人鬼相当だ。巨大な刃物で被害者を斬殺《ざんさつ》するというやり口を読んでげっそりとした。こんなやつの捜査に付き合わされるのか。

被害者は「魔法の国」関係者ばかり。犯罪の内部告発者、重要参考人として引っ括《くく》られる直前だった管理官、収賄の噂が囁かれていた試験官、暴力団に「魔法の国」のアイテムを融通していたといわれている魔法少女。かなりぶっちゃけたことが書いてある。こんなこと知らされていいのかと動揺し、同時に、これだけの被害者がいながら市井《しせい》の魔法少女達はなにも知らずに活動を続けていることが空恐ろしくなる。魔法少女の殉職《じゅんしょく》率というのはどれくらいになるものだろうか。

だがそんなものはまだまだ序の口だった。

ページをスライドさせると「潜入捜査」「二重スパイ」「隠蔽工作《いんぺい》」といういくつかの文字が目に入ってきて即魔法の端末の電源をスリープさせた。小鳥は肩掛けのトートバッグに魔法の端末を放りこんで立ち上がり、スカートの尻を二度叩き、自動販売機で無糖のコーヒーを購入してベンチに座り直した。公園の池では老人が釣り糸を垂らしている。悠々自適の生活というやつなのだろう。うらやましい。心底からそう思った。

犯罪捜査……もっと具体的にいえば犯人捕縛《ほばく》という関わったことのない荒事《あらごと》を押しつけられてしまった。

出来物《できぶつ》だと思っていた上司は、偶然その場に居合わせたというだけの部下にとんでもない命を下した。人の情を解《かい》さない合理主義者という印象は、やはり正しかったのだろう。仕事が減って給料が増えたくらいで気を許さなければよかった。後悔しても時すでに遅し。あの手の有能な上司は部下にも有能であることを求める。暴力沙汰なんて酔っ払いの喧嘩を仲裁したくらいの経験しかない7753にいったいなにを求めているというのか。いや有能な上司なんてものではない。自分のことを有能だと勘違いしているだけの無能上司だ。本当に有能であれば部下の適性もきちんと把握し、「あなたが今いるB市内でドンパチがあるかもしれないから、できるだけ安全な場所で待機していてください」くらいはいってくれていいはずだ。と、上司に対して散々に毒を吐き、だが命じられた仕事を投げ出すわけにはいかない。給料《サラリー》をもらっている魔法少女《マン》は辛い。

コーヒーをちびりと飲み、再び魔法の端末に向かった。

情報畑では、強引に秘密を共有させて仲間意識を抱かせ同じ穴に引きずりこむというやり方があるらしい。本来小鳥が知るべきではない情報を与えられているように思えてならなかった。飲み干したコーヒーが胃に沁みる。

単に資料が羅列《られつ》してあるだけでなく、読む者に優しく詳細な解説が添えられていた。

変身前の魔法少女が自宅で殺されるという事件もあった。魔法少女の所在地は厳重に管理されており、「魔法の国」の一般人がおいそれと手に入れられるようなものではない。ましてや魔法少女の正体まで掴めるレベルともなれば、かなりの上層部、それも組織ぐるみであることさえ考えられる。一部勢力による、自分達にとって都合の悪い人物への粛《しゅく》清《せい》が行われたのではという疑念が関係者間で噴出した。

疑心暗鬼《ぎしんあんき》の中、様々な勢力が捜査への協力を申し出た。その中には小鳥の所属する人事部門もあったし、今回結界を張ったという外交部門もあった。自分達は捜査に協力したのだから犯人とは関係がないというアリバイ作りかもしれない。あわよくば犯人を逃がそう、どうしようもなければ犯人を殺してしまおうという口封じ目当てかもしれない。

そんなことまでしっかりと解説されている。小鳥はさらにげっそりした。

上昇志向が全くないわけではないが、それは給料がもう少し増えてもっといい生活をしたいなという庶民的な動機によるものであり、派閥間の引っ張り合いとか暗殺とか粛清とかそういうものに関わりたいわけではない。物騒極まる。

現在B市にいる捜査班は三名。監査部門の下克上羽菜《げこくじょうはな》とマナ。それに外部から配属された魔王パム。下克上羽菜とマナは捜査と探索のスペシャリスト。魔王パムは現在「魔法の国」の外交部門に所属しているが、凶悪な犯人を取り押さえる際必要だと主張した外交部門により、戦闘要員潜入班に臨時配属されたという。そこに人事部門所属の魔法少女である７７５３を加えて混成チームが完成する。

しかし外交部門からの協力者があからさまな戦闘要員というのが一々不穏だ。さっきもあった口封じ目当てという言葉が現実味を帯びてくる。ひょっとして７７５３もそういう役割を持った魔法少女だと思われてるかもしれない。無理やり加入したという点だけでも充分に怪しい。後から強引に入った者が歓迎されるわけがない。

せめて疑われないよう振る舞おう、と心に決めて次のページへスライドさせた。

犯人の協力者はマスコットキャラクターのトコ。こちらは身柄が割れている。

最近開発された新型「魔法の端末」は、従来より指向性の高い魔法の才能探索ツールを有しているが、ごく一部の関係者以外には極秘の隠し機能として、使用した場合「魔法の国」の監査室本部に記録を残すというものがある。

要するに「魔法の国」が使い方をしっかり監視しているということだ。「魔法の国」の監視体制がザルであるということは、現役の魔法少女であれば誰もが一度や二度は感じていることだろう。網目を潜り抜けて良くないバイトに精を出す問題児は、ずっと一定の割合で存在してきた。そういう現状をどうにかしようという動きが出てきてもおかしくはない。極秘の監視装置というと、秘密警察とか密告社会とかギリギリと締め付けられる息苦しさを覚えなくもないが、駄々漏れの監視体制で好き放題やらせるよりはいい。

トコはそれに引っかかった。このマスコットキャラクターは以前から同僚に「人買い」と陰口を叩かれる辣腕《らつわん》スカウトだった。その仇名からも知れるように、やり手ではあったが魔法少女への愛は薄かった。手あたり次第に魔法少女を生み、能力のある者には手厚く指導するが、能力の無い者はどうなろうと知ったことではなく、自分の手柄になりそうもない者はあっさりと捨て去る。かつての採用者から相談されても冷たくあしらっていたという。「有能であれば細かい問題は気にしない」という精神性の欠如により、今までに幾人もの「優れた魔法少女」を育成してきた。能力的には優れていても人格的には……というところだろう。

そんなわけである程度の実績を有していたため、実験的に使用されていた新型端末が優先的に配布され、トコはそれを利用し、当局に捕捉された。ある犯罪のあった時刻、犯行現場にトコがいたことが露見したのだ。被害者は大きな刃物で惨殺《ざんさつ》されていたが、マスコットキャラクターにはそんなものを扱える能力などない。魔法の端末を利用したのはトコだが、実行犯は別にいる。恐らくは人材育成の達人であるトコによって発掘され、密《ひそ》かに鍛えられた――殺すことに特化した魔法少女が。

　被害者の共通性とトコの立場、そこから導き出されるのは「トコが黒幕であるはずがない。トコに命を下した者、もしくは組織が別にいる」という結論だった。それゆえに「魔法の国」上層部は、どの部門が関わっているのか戦々恐々《せんせんきょうきょう》としているのだという。今回、7753が無理やり捜査班に押し付けられたのもそういった経緯があってのことだと推測できる。

　小鳥は缶コーヒーを傾けた。舌の上には数滴のコーヒーが垂れ落ち、そこから先は縦に振ろうと横に振ろうと一滴も出なかった。ため息を吐《つ》き、空き缶を自販機横のゴミ箱へ投げ、狙いが逸《そ》れて石畳の上に転がり、もう一度ため息を吐いてから腰を上げ、落ちた空き缶を拾ってゴミ箱に捨てた。

　公園を出る前に釣りをしている老人の傍らに置いてあったバケツを覗いた。バケツの中には水が張ってあるだけで獲物はなかった。小鳥は三度目のため息を吐き、老人は小鳥を睨みつけた。小鳥はコートの襟を寄せ、慌てて公園を後にした。

　待ち合わせ場所はカラオケボックスの一室だった。小鳥の住む街にもある有名なチェーン店だ。ただし小鳥の街にある店よりも店舗駐車場ともに小さく、古かった。自動ドアの開閉がぎこちなく、引っかかるような挙動を見せる。浮いている錆のせいか、地盤沈下で地所が沈んだか、単に店が歪んだか。店構えを見るにどれであってもおかしくはない。

店員の愛想まで悪いような気がしたが、勿論面《おもて》には出さず、十二番の部屋へ合流したい旨《むね》を告げてそちらに向かった。

音が漏れている扉を左右に通路を進む。まずまず盛況だ。利用者は思ったより多いらしい。7753は、十二という数字の書かれたプレートの前で足を止めた。部屋に入る前に掌《てのひら》を開いてみる。汗で光っていた。ハンカチで汗を拭きとる。

掌が汗でぬれているのは、室内でコートを着ているせいではない。緊張している。肩にかけたバッグを左脇に抱え直し、二、三度咳払いをしてからノックをした。中にあった気配がふっと消えた。

「……どうぞ」

「失礼します」

ドアを押した。

中から暖かな空気が漏れ出て顔を撫でる。視線が集中し、小鳥はたじろいだ。

魔法少女が四人いた。

——四人？

混乱した。なぜか資料より一人多い。どういうことだろうか。全員すでに変身している。

UTAUTAOI

ミニの浴衣《ゆかた》に兎の耳という少女。

黒いドレスコートを着た少女。頭に小さな角が生えている。

双方とも外見年齢は十代前半程度か。魔法少女の範囲内に納まっている。

もう一人の魔法少女は見た目が魔法少女の範囲からはみ出ていた。忍者風の装束《しょうぞく》で、左目に刀傷《かたなきず》。そして左腕のアームカバーが肘《ひじ》の辺りから揺れている。隻眼隻腕《せきがんせきわん》。残った右目は眼光鋭く小鳥を捉えていて、小鳥は反射的に目を逸らした。腹の底から冷え冷えとした寒気を感じる。この魔法少女からは暴力の匂いがぷんぷんする。

もう一人は、恐怖はなかったが違和感を覚えた。十代半ばという外見年齢は他三名と共通しているものの、なにかが違う。ふち無しの丸眼鏡、無造作に後ろで纏《まと》めた髪、飾り気の無い衣装……衣装というより普段着のようにさりげない。紺一色のカットソー、ゆったりとした若草色のチュニックにグレーのカーディガン、ベージュのコットンパンツ、ソファーの肘掛にブラウンのコートを畳んで置き、足は知らない外国ブランドのスニーカー。頬にうっすらそばかすが散って、きりりとした眉からは意志の強さを感じる。表情は苛立たしげだ。

眼鏡の少女は眉間《みけん》の皺《しわ》を見せつけるように小鳥を睨《にら》んだ。

「捜査のイロハも知らん素人がズカズカと現場を荒らしにやってくる」

「まあまあ」

兎耳の少女がとりなすように片手を上げた。

「こちらは助けていただく身ですよ。そんないい方しちゃいけません」

少女は立ち上がって頭を下げた。頭の動きに従って兎耳がぴょこんぴょこんと動く。思わず手を出して触ってしまいたくなる程に可愛い。

「７７５３さんですね？　下克上羽菜と申します」

「あ、はい。ご丁寧にどうも。７７５３です」

慌てて頭を下げ、上げた。羽菜は掌を差し出して一人ずつ紹介していた。

「こっちの眼鏡は班長のマナ」

「誰が眼鏡だ」

不機嫌丸出しのマナにかまうことなく羽菜は続けた。

「そちらはあなたと同じく今回協力していただけることになりました魔王パムさん」

ドレスコートの少女が小さく微笑んでから「よろしくお願いします」と頭を下げた。こちらが魔王パムだったらしい。いわれてみれば悪魔モチーフにも見える。黒一色のドレスコートで、裾から顔を出してにょろにょろと動いているウナギのようなものはひょっとして悪魔の尻尾というやつか。唇は血の赤よりも赤く髪は闇より黒い、という悪魔的な表現が浮かんだのは魔王と聞いたからだろうか。ただし微笑みは優しげというより頼りなげで、眠そうな瞼《まぶた》は悪魔というより仏様のようだ。

「そちらはリップルさん」

隻眼隻腕の忍者が表情のないまま頭を上げた。

リップル。聞き覚えがある。いや見覚えか。どこかで目にした名前だ。だが捜査班のメンバーにはそんな名前がなかった。

いったいどこで目にした名前だったろうと小鳥は記憶を掘り返した。最近見た名前だ。かなり重要な名前だったような気もする……思い出せない。

マナが聞こえよがしに「悠長な」と呟いた。

「いつまでそこで突っ立ってる？　ただでさえ時間がないのに」

「あ、はい。すいません」

カラオケボックスに席次はあるのだろうか。聞いたことがない。資料らしきものが広がっているテーブルをソファーで囲み、向かって左側の一番奥にマナ、隣に羽菜が座り、間を空けてリップル。魔王パムは一人だけ離れ、右側にちょこんと座っている。

リップルが立ち上がって小鳥の座る場所を空けてくれた。こんな小さな親切でも今の小鳥にはありがたい。見た目だけで暴力の専門家とか決めつけてすいませんでしたと心の中で謝りながらソファーに腰掛けた。

「まずコートを脱ぐように」

「はい」

マナにいわれた通りコートを脱いだ。コート掛けとハンガーは入り口脇にあるが、それを使うためにはもう一度リップルに立ち上がってもらわなければならない。小鳥は黙ってコートを背もたれの上に置いた。

「で、変身」

「はい」

７７５３に変身する。見られている中で変身した経験がないため少し気恥ずかしい。ゴーグルを外してテーブルの上に置いた。

「それじゃ、ま、遅れてきたやつのために、もう一回説明してやるけど」

言葉の端々から苛立ちが滲《にじ》み出ている。７７５３はそっと俯《うつむ》いた。

「魔法少女にはずうっと変身してもらう。犯人捕まえるか……」

マナはちらりと魔王パムに目をやった。魔王パムは首を傾げておっとりと微笑んだ。マナは、ふんと鼻を鳴らして続けた。

「殺すかしない限りは変身解除不許可。相手は凶悪犯で不意に襲われないとも限らない。もうこれ以上戦闘がないと私が判断するまでは絶対に変身を解除しないよう。襲われてから魔法少女に変身して間に合うなんて絶対に思うな。魔法少女と人間でどれだけ反射速度が違っているか理解できていないタコがたまにいる」

人間のままのこのことやってきた自分が責められているようで、７７５３はより深く俯いた。

「すでに死人が出ている。くれぐれも油断はしないように」

死人という言葉の重みがずっしりと胸にくる。次の死人が出るとしたら誰になるだろう。誰よりも戦い慣れしていない人間が混ざっていたら、きっとそいつになるだろう。考えるだけでもぞっとする。

マナはちらと魔王パムを見てから続けた。

「外交部門が張ってくれた結界は二十四時間もつ。切れたからといってすぐ張り直すことができるもんじゃない。結界が切れるまでに犯人を捕える」

外交部門め、なんてことをしてくれるんだと心の中で文句をいった。7753が文句をいっても聞いてくれる人は誰もいない。

「移動時は長いコートに大きなハットとマフラーでも合わせてコスチュームを隠せ。マスクがあってもいい。季節柄インフルエンザや風邪に備えてる人間は少なくないからな。そういった装備を用意してこなかった者は購入しておくように」

コートを脱げといわれた理由が飲みこめた。脱がずに変身していたら、変身を解除するまでコートは消えてしまうからだ。ただ、帽子とマスクはない。手に入れる必要がある。経費で落ちるものだろうか。とりあえず領収書はとっておこう。

「これを使えば」

マナはテーブルの上にあった木製の棒を指した。長さ三十センチ程度で装飾の類はない。

「目当ての相手を探すことができなくもない」

妙に持って回した言い方をする。

「原始的な魔法だ。方角を指してくれるが、正確な場所まではわからん。原始的ではない方法を使える探索のプロは……もういない。殺された」

モニターでは人数の多さで有名なアイドルグループが踊っていた。共産圏のマスゲームのように整然としている。ミュートに設定されているせいで音一つないのも合わせて妙に不気味だった。華々しい照明が画面から零《こぼ》れ、マナの顔を赤く照らしている。頬の産毛《うぶげ》が光っていた。

「以上。なにか質問があればどうぞ」

リップルが手を挙げ、マナは目を眇《すが》めた。

「なんだ？」

自分から質問があればどうぞといったわりに、マナはむっとしているように見えた。リップルはそれに気づいているのかいないのか、ぼそぼそと話し始めた。

「死人が出たということですが……すでに交戦したのでしょうか」

「撤退中にメンバーが一人殺された。乗用車を捨てて逃げたが敵に追いつかれて一撃で首を折られた。それだけだ」

それだけ、というあっさりした物言いではあるが、表情はあっさりどころか般若《はんにゃ》もかくやの怒りに満ち満ちている。そっと視線を外した。怖かった。

「……敵の特徴を教えていただきたい」

マナはふんと鼻を鳴らした。

「大体の特徴をメモにしてコピーしておいた。それを確認しておくように」

海賊、ステージマジシャン、アラビアの踊り子、リボン、郵便配達人、ウェディングドレス……小鳥は内容よりも数に慄《おのの》いた。なぜこんなにも数が多いのか。

「この資料には外見的な特徴しかありませんが……」

「外見的特徴しかわかってないから外見的特徴しか書いてないんだよ。それくらいいわれなくてもわかれ」

「しかし……」

「まともに戦うこともなく必死で逃げて！　その過程でメンバー一人殺されて！　他部署に援助要請しましたといえばそれで貴様は満足か！」

視線は外したままだが、どんな顔をしているかは直接見なくても知れた。狭い室内にマナの怒りが滲み出しているかのようだ。唐辛子を溶いた水のように触れるだけで痛い。

マナが息を吸って吐く音、カラオケのコマーシャル音のみが繰り返され、呼吸の音は次第に間隔を広げ、マナが机を殴りつけた音を最後にコマーシャルの音に掻き消された。

「くそったれだ。本当に……時間に余裕はないし、ここに集められたのは全員『暴力沙汰が得意』なんだ。お前さんほどじゃないにしても、な」

得意じゃない！　と心の中で叫んだ。

「戦わなきゃならん状況だ。嫌でも働いてもらう」

マナとリップルはしばし見詰め合った。マナの方は鋭く睨んでいるというのが近く、リップルはしげしげと眺めているというのが近い。マナは最後まで目を逸らさず、リップルはゆっくりと目を瞑《つむ》った。

「……了解しました」

折れないでリップル！　もっと頑張って！　という心の叫びは誰にも届かず霧散《むさん》した。全員、上着やコート、マフラーを手にとって支度をしている。７７５３は嫌気を隠し、だがダラダラとコートを身に着けた。人間の時に着るため購入したコートだ。品のいいチャコールグレーは、魔法少女には地味過ぎるし、それにサイズが大きい。

ゴーグルを装着し、コートのボタンを止めていると小声で話しかけられた。

「災難でしたね……」

リップルだった。近くで見ると顔の傷跡が生々しく痛々しい。キャラクターデザインとしてのスカーフェイスなのだとばかり思っていたが、ひょっとして実戦で受けた傷なのかもしれなかった。

「研修はこれが終わってから、ですか……」

「あっ」と思った。ゴーグルにデータが表示されていく。名前から身長体重、スライドさせてページを移し、経歴や出身地、家族構成、流れるように移り変わり、そこからいくつかのページを経て「今日の予定」欄にたどり着いた。

リップルの名前を聞いた時に、覚えがあった理由がわかった。そもそも7753がこの田舎町にやってきた理由は新人研修だった。魔法の国の内務で働くという魔法少女の適性を調べよという命を受け、特急を乗り継ぎやってきた。その新人魔法少女の名前がリップルだった。

忘れていたという申し訳なさも合わせて7753は手を合わせた。

「すいません、すぐというわけにはいかないかもしれません。たぶん捕り物が終わったとしても後始末とかあるでしょうし」

「いつくらいになるでしょうか……」

「早ければ早いほどとは思ってますが、今のところはなんとも……私の担当区域もここととそれほど離れているわけではありませんから、落ち着き次第すぐに来ます」

リップルが怪訝《けげん》そうに眉を上げた。ただ怪訝そうにしているだけなのだろうが、彼女の場合はそれだけでもけっこうな迫力がある。

「こちらにお住まいではないのですか……?」

「は？　そりゃ違いますよ。だってリップルさんの担当地区なんでしょう？」

「いえ……違います」

「え？」

顔を見合わせた。

研修生の担当区域に呼び出されることはある。その地区での働きぶりを見たり、露出していないかどうか街の噂を聞いたりといったことが必要になる場合だ。これは研修というより監察に近い。逆に研修生が７７５３の所にまで出向くこともある。こちらの方が多い。担当地域がまだ決まっていない者に魔法少女のイロハを仕込むためのものだ。

研修生の担当地域でもない場所に呼び出されたことは今までに一度もない。なにか目的があるというのなら７７５３に伝わっていないわけがない。

いったいどういうことだろうと首を捻っているところに電話がかかってきた。魔法の端末に表示されている発信者は上司だ。魔王パム、羽菜、マナが外に出ていく。７７５３は片手で拝み、「先に行ってて」とリップルに指示して着信ボタンを押した。

「こちら７７５３です」

「合流はできたようだね」

思わず魔法の端末を見返した。どこかで見ていたのだろうか。

「見ていたわけじゃない。君のゴーグルから情報が送信されてきているだけだ」

「ああ、そういえば」

「ゴーグルがないと送信が途切れてしまう。先ほどカラオケボックスでテーブルの上に置いたようなことはもうしないでもらえるかな」

やはり見ていたのではないか。7753は気味悪げに魔法の端末を見た。

「別に相手の機嫌を伺《うかが》う必要はない。君の魔法がどれだけプライバシーを侵害しようと、侵害される側が知らなければ問題にはならないよ」

「はあ……」

「それとは別に知らせておきたいことがある」


声をかける前から下克上羽菜がこちらを見ていた。彼女の兎耳はフードに覆われていてさえ鋭く周囲を警戒しているようだ。

7753は片手を上げ、店を出て駐車場に向かおうとしていたマナと羽菜を呼び止めた。羽菜に脇腹をつつかれ、こちらを見たマナの眉間にみるみる皺が刻まれていく。ゴーグルでデータを確かめる必要もなく怒っていた。

「なにをぐずぐずしている！　他の二人はどうした！」

今度は羽菜も宥《なだ》めてはくれなかった。不審げな顔で7753を見ている。7753は両手を上げて掌を相手側に見せた。

「リップルにはフロントで魔王パムの相手をしてもらっています。お話があります」

「こちらに話したいことはない」

「私は殺し屋でも始末屋でもありません」

マナの眉間にあった皺が消えた。怒りは驚きに転じ、咎《とが》めようとしていた口が小さく開いたままでぴたっと止まった。

「人事部門は純粋に捜査へ協力させていただきたいのです」

息がかかる距離にまで近寄り、声のトーンをぐっと落とした。

「私自身には平均以上の戦闘能力はありません。私の仕事で戦う機会なんてありませんでしたから。ですが、人を見る目はあります。単に人事で鍛えてきたというだけでなく」

ゴーグルを指先で弾いた。

「それが私の魔法です。人間に変身した魔法少女がいたとしても、私のゴーグルを通して見れば、それが魔法少女であることは一目瞭然です」

マナが7753のコートの襟を掴んだ。苛立っている表情ではないが、態度は友好的とはいい難い。怒っているのではなく、こちらを探るべく凄んでいる。

「お前は、なにを、どこまで、知っている」

「あなた達捜査班は他部門から派遣されてきた私やリップルを『生き証人を始末するための殺し屋』だと考えている。違いますか？」

マナは襟を掴んだまま黙っている。その態度は肯定となんら変わらなかった。

「この町には結界が張られたそうですね」

「それがどうした。犯人を逃がさないための措置だ」

「B市全域をカバーする対魔法結界……魔法的要素を持つあらゆる者が出ることも入ることもできない強力な結界です。変身を解除していてさえ魔法少女は出入りできない。マスコットキャラクターもです」

「ああ、そうだ。閉じこめられたんだよ我々は。それがどうかしたか？」

マナは７７５３の様子を窺っているようだった。舌先で唇を舐めた。その僅《わず》かな所作《しょさ》に怯《ひる》みながらも７７５３は続けた。

「撃退されたという知らせを受けてからやったにしてはあまりにも反応が早すぎる。これだけ大規模な結界を張ろうというには術者にしろ触媒《しょくばい》にしろ入念な準備が必要なはずです。つまりあなたは『準備されていたのではないか』と思ったのではないですか。専従捜査班が撃退され、支援を要請されることまで織りこみ済みだった。外交部門は準備しておいた結界を強引に用いてB市を外から切り離した」

一息つき、額の汗を手の甲で拭った。

「結界について主導したのは外交部門です。犯人諸共私達を閉じこめた。人事部門のやったことではありません。私達にしても結界のことは知らなかった。大量破壊兵器を送りこんでから結界を張って閉じこめた外交部門とは違うんです」

「いや、違わないな」

マナは跳ね除けるように襟から手を離し、７７５３はよろめいた。

「お前らは敵対しているようでも同じ穴の狢《むじな》だ。揃って事件を政争の道具にしようとしている。だがそうはいかない。私がさせない。人殺しは人殺しとして処理する。どんなクズでも害悪でもゴミ虫でもお前らの玩具《おもちゃ》にされていいわけじゃない。部下だって死んだ。お前らの遊びに付き合わされていたら報《むく》われん」

口調は吐き捨てるようで視線は切りつけるようだった。７７５３を睨みつけているというより、その先にあるなにかを見ている。７７５３は息を吸い、血中に酸素を送った。

「お前らのことは調べてあるよ。どんなやつがどんな目的で割りこんでくるか知っておきたかったからな……そっちのリップルが『クラムベリーの子供達』だということは調べがついている。しかもクラムベリーが命を落とした最後の試験……最も激しかったといわれている試験の生き残りだ。笑わせてくれるじゃあないか。誰がそんなことを信じる」

「リップルは私の警護役です。そのためにここへ来ている。それ以上のことはやらせません。それに、彼女はクラムベリーの試験を通ったとはいえ、ギリギリでの生き残りです。彼女の目と腕を見ればおわかりでしょう。今の彼女は全盛期ほど強くない。戦えない魔法少女一人を守るのが精一杯なんですよ」

７７５３は、もう一段階、声のトーンを落とした。

「外交部門が寄越《よこ》した魔法少女はご存知の通り『魔王パム』です。名目上は支援ということになっていますが、外交部門の決戦兵器とも呼ばれる『大量破壊が可能な魔法少女』です。街中での捕り物を手伝わせるにはいくらなんでも火力が過ぎる。外交部門は犯人を闇から闇へ葬《ほうむ》ろうとしている可能性が高い」

ぺこりと頭を下げた。

「私達が協力すれば魔王パムを暴れさせる前に犯人を逮捕できるかもしれないのです。外交部門の好きにさせたくないという点では目的を同じくしています。私達を利用していただきたいのです。邪魔はいたしません。どうか私達の力を使ってやってください」

頭を下げたままで静止した。マナと羽菜がぼそぼそと何事かを話す声が聞こえる。どんなことを話しているかまでは聞こえないが、内容は推測できた。手伝わせるか、それとも追っ払うかといったことを相談しているのだろう。

７７５３は深く息を吐いた。心臓が口から飛び出してしまいそうだ。

一から十まで上司に命令されたことです、私はなにも知りませんでしたといってもマナは信じてはくれまい。だが事実はその通りだ。７７５３はリアルタイムで上司の指示に従い交渉していた。ゴーグルにはいうべきセリフと上司の指示が適宜《てきぎ》表示され、「ここで声のトーンを落とす」とか「三十センチの距離まで詰める」とか、動き一つ一つに細かな指示が入り、心臓をばくばくいわせながらひたすらそれに従い続けた。

ゴーグルのこんな機能は持ち主である7753も知らない。改造されているのだろう。その他にどんないじられ方をしたのか考えたくもなかった。

今話したことを改めて咀嚼《そしゃく》すると、とんでもないことではないだろうかという気がしてならない。どんどん問題の中心に向かっている。せめて生きて帰りたかった。

☆リップル（残り時間二十二時間三十八分）

魔法少女が「魔法の国」内部で出世するためにはいくつかの条件をクリアする必要がある。その条件の一つが「7753という魔法少女から直接研修を受けること」だった。

7753という魔法少女はあらゆるデータを正確に計測する魔法のゴーグルを所持し、それによって問題児を炙り出すことを得意としている。7753の魔法の前では秘密など存在しない。乙女の恋心だろうと過去の古傷だろうと全てが白日《はくじつ》の下《もと》に晒《さら》され、抽出《ちゅうしゅつ》された情報は「魔法の国」人事部門に送られる。

これによって反体制派や不平分子が「魔法の国」に近寄ることを防いでいるのだ。

リップルは「魔法の国」を愛しているわけではない。どちらかといえば嫌っている方だろう。だが体制転覆を狙っているわけではない。現体制の中での出世を望んでいる。

リップルには魔法少女の友人が一人いる。その友人は自分の信じるまま積極的に動くタイプの魔法少女だ。積極的に動くということは、上から睨まれやすいということでもある。今のところは本人の能力が高いために重用《ちょうよう》されている。しかしそれもいつまで続くかわからない。

リップルとしてはフォローしてあげたい。それには地位や立場が必要となる。だからリップルは出世がしたい。友人の友人という微妙な筋から「魔法の国」に近い魔法少女達の名を教えてもらい、彼女達の下に赴《おもむ》く。手伝いをしたり、無駄話を聞いたり、もう来なくていいと嫌がられたり、それでも行って仕方のないやつだと呆れられたり、そうしたことを繰り返す内、伝手《つて》と呼べるだけの知り合いも増えてきた。

この強引なやり方はリップルのかつての相棒を真似たものだ。かつての相棒は無理やり相手の懐をこじ開けてそこに入りこむという性質の悪い友達の作り方を実践していた。リップルもまたその被害者の一人だ。

今のリップルは周囲から見てかつての相棒のような存在なのかもしれない。

７７５３に研修を受けたいという申請はすんなりと通った。コネがあっても半年待ちは余裕という噂も聞いていただけに嬉しかった。これで出世をすることができると喜び、指定されたB市に出向き、なぜかカラオケボックスに行けという指示を「魔法の端末」に受け、行った先で捕り物に巻きこまれて市内に閉じこめられていることを知った。

相変わらず「魔法の国」は魔法少女の使い方がいい加減だ。生命の危機があると知りながら専門家以外の魔法少女でも平気で組みこんでしまう。ただリップルにとってはチャンスであったともいえる。普通に研修を受けるよりは、こうしたアクシデントの中での活躍を見てもらった方がいいかもしれない。元々荒っぽい仕事の方が得意だ。得意というか、そっち方面に特化しているといった方が正確だ。

だが説明を受ける間にそうした思いは消えていった。逃げることができない閉鎖空間の中で戦わなければならない、という状況には苦々しさしか感じない。こちら側からの殺害はむしろ避けるべき要素であるというのは救いだ。だが敵が同じことを考えているとは思えない。逮捕は身の破滅とイコールである以上、暗殺の専門家は自分の専門分野を精一杯活《い》かそうとするだろう。

カラオケボックスで顔を合わせた７７５３はどこか落ち着かない様子で、専従捜査班の班長であるマナから事あるごとに叱責されて申し訳なさそうにしていた。噂通りの人物なら彼女の専門は人事にあるはずで、巻きこまれて辛い思いをしているのはリップル以上だろう。なにかとフォローしてあげた方がいい……無論そうすることによってリップルの評価が上向くかもしれないという打算もある。

そして今も７７５３のフォローに回っていた。

どうかお願いしますと７７５３に拝まれ、リップルは外部協力者の一人である魔王パムとカラオケボックスのフロントで向かい合ってソファーに座っている。とにかく足止めしてほしいと頼まれ、ではどうしようと思ったが、さっき会ったばかりの相手を留め置く理由を全く思いつかず、仕方ないので正直に話した。

「あの……」

「どうしました？」

「向こうで秘密の相談がしたいらしくて……私達は少し待ってろと……」

「ああ、そうですか。じゃあ呼ばれるまで一緒に待っていましょう」

特に気を悪くした様子もなく素直に応じてくれた。悪い人ではなさそうでほっとした。

二人の魔法少女はコートを着こみ、魔王パムはそれにパナマ帽も被って角を隠し、人間の少女のふりをしてソファーに座っていた。少女二人で遊び歩くには不適切な時間帯ではあったが、それを咎める者はなく、時折声をかけてくる男達に断りを入れ、なんとなく煙草臭いフロントで二人は待ち続けた。

魔王パムは口調も物腰も穏やかでのんびりとしていた。リップルの頭に浮かんだイメージは「おばあちゃん」だ。年寄りという意味ではなく、祖母を思わせる距離感、雰囲気を持っていた。実の祖母に会ったことはなかったが、なんとなくのイメージに当て嵌《は》まった。

魔王パムは膝の上に肘を乗せ、顎を手で支え、ふうと息を吐いた。

「つかぬことをお聞きしますが」

「……はい」

「どこかでお会いしたことがありましたっけ？」

記憶を掘り起こす。今までに出会った魔法少女の顔を思い出し、該当者の中に魔王パムはいないということを再確認した。

「……いえ。初対面です」

「そうですか。なんとなく会ったことがあるような気がしたんですが」

祖母というイメージに老耄《ろうもう》という印象が重なり、内心で考えるだけだとしても失礼が過ぎるだろうと勝手に反省してイメージを取り外した。

二人はそれからさらに待った。先に口を開いたのはやはり魔王パムだった。リップルの方から誰かに話しかけるということは今も昔も滅多にあるものではない。

「敬語は要りませんよ」

「……は？」

「同じ外様です。どちらが上ということはありません」

「それは……そちらも敬語を使っています」

「私は同輩以上が相手なら上司も同僚も同じように話しますから」

「こちらも……同じです……」

「そうですか」

「……ええ」

ずれた会話だと思う。なのにそれほど不快ではなかった。祖母というイメージが未だに拭いきれていないせいかもしれない。

☆トコ（残り時間二十二時間三十分）

大変申し訳ないことに予定が変更されましたにゃん。

話が違う。全然違う。

トコは屋上のフェンスに立てかけた魔法の端末を怒りに任せてタイプした。妖精の体格はタイピング一つでも面倒が多い。殴り、蹴り、送信し、返信を見て叫んだ。

「だから話が違うっての！」

捜査班を叩きのめせば相棒と共に脱出を手引きしてもらえると聞いていた。別次元に隠れ家を持つという魔法少女を紹介してもらえるはずだった。

しかし協力者からもらったメールには予定が変わったとある。結界が張られて外交部門から魔王パムが投入された。外交部門は面子《メンツ》を懸けて潰しにかかってきている。逃走ルートは封鎖されてしまった。トコも相棒も逃げることはかなわない。

トコは苛立ちを込めた前蹴りで返信を選択し、タイピング音を乱打させてメールを送った。すぐに返事が来た。


結界の形は真球と同じで上下左右全てをカバーしているにゃん。

だから空を飛んで逃げることも地面を掘って逃げることもできないにゃん。

ちょっと触っただけでもぐにゃーんと元気を失くしちゃうにゃん。

触り続けてたら魔法少女の耐久力をもってしても生命が危ないにゃん。

結界をどうこうしようというのは全然おすすめできないにゃん。


画面に肘を叩きつけた。

なんでこいつは語尾がにゃんなんだと常日頃から抱いていた疑問が煮え滾《たぎ》る温度で沸き起こり、トコは奥歯を噛み締めた。メールにはまだ続きがある。


こちらはまだ諦めていませんにゃん。

あなた方お二人にはそれだけの価値があるにゃん。

歯の浮くようなお世辞に苛立ちが強まる。こいつらの指示に従って邪魔者を消してきた。トコも相棒も雇人に深く食いこんでいる。捕まれば困るのは連中だ。価値があるというより問題があるから必死になって匿《かくま》おうとしている。

なんとか結界が解除されるまで逃げてほしいにゃん。
結界は二十四時間で効果が切れるにゃん。
それまで逃げ続けてくれればこちらから応援を送るにゃん。
ご武運をお祈りしますにゃん。

魔法の端末を粉々になるまで破壊してやりたい衝動をなんとか抑えこむ。冷静さを失えばつけこまれる。そうやって金も命もなにもかも奪われてきたやつらをげっぷが出るほど見てきた。むしろトコはこれまで積極的につけこんできた側だ。馬鹿は利用するべきで、利用されるような馬鹿になってはならない。

魔法の端末の電源を切って深呼吸をする。

優先順位を考える。自分と相棒が一番だ。とにかく二人で生存して脱出するのが最大の目的だ。

そのためには二十四時間をどう使うか。逃げ回るか。敵を皆殺しにしてしまうか。

どちらかだ。どちらを選ぶかはトコ次第でもあり相棒次第でもある。トコはともかく相棒は強い。捜査班程度なら問題にならないだろう。問題になるのは捜査班ではなく応援だ。外交部門は全力で潰しにきていると聞いた。

——そりゃあれだけ殺されれば恨みにも思うよね。

相棒は強いが無敵ではない。外交部門がとんでもない魔法少女を用意すれば負ける可能性はある。それはまずい。相棒には未来がある。ここで死なせるわけにはいかない。

ならば逃げるべきか。それは弱気が過ぎる。

相手の手の内を探りつつ、中学生達を矢面《やおもて》に立たせ、勝てそうもないようなら逃走を選択する。中学生達を肉の壁にすれば逃げる時間くらいは稼げるだろう。元々捨石《すていし》にするつもりで引きこんだインスタント魔法少女だ。死ぬのも仕事の内なのだから文句はいわせない。トコと相棒の礎《いしずえ》になってもらう。

もっと戦力を増やし、大魔法少女軍団を結成、数の優位を盤石《ばんじゃく》にしたいところだが、魔法の才を持つ者はそれほど多くない。相棒の学生生活を見守る傍らで探し続けてきた才能の持ち主を全て召集した。手持ちの全てのカードだ。これでやりくりしなければならない。

階下では中学生達が楽しそうに話す声が聞こえる。その中には、相棒の声も混じっている。内心どれだけ焦っていても、相棒の演技は完璧だ。可愛らしい妖精のふりをしていても追い詰められて地金《じがね》が透《す》けるようなトコとは物が違う。

やはりここで相棒を手放してはならない。彼女はまだ伸びる。トコの理想とする魔法少女——狡賢《ずるがしこ》く、自分本位で、損得勘定に長《た》け、常に優位な立ち回りをし、伸びしろはどこまでも大きく、最終的には勝者の席に座っている。

相棒とだったらどこまでも逃げてみせる。トコは脂っぽい笑みを浮かべた。

第三章　地の獄から舞い戻った少女

魔法少女は夢と幻想を売りにする商売だ。しかし、それでも定期的に犯罪に手を染める者が出る。どれだけ厳正な試験によって選出されていたとしても、ろくでなしが一定の割合で混ざっているものだ。そしてろくでなしほど強い影響力があったりするので、除けておかなければならない。腐った蜜柑《みかん》云々《うんぬん》は人間に限ったことではないのだから。

むしろ人間より重大事かもしれない。魔法少女は並の人間どころか大型肉食獣、ものによっては戦車や戦闘機、ミサイル、大量破壊兵器、それ以上の殺傷能力を有していることさえある。ろくでなしの魔法少女は、人間のそれより遥かに性質《たち》が悪い。

人間では魔法少女の行動をろくに感知できず、かといって横の繋がりが薄いこともあって同じ魔法少女からの告発も少なく、「魔法の国」の監視体制はザルに等しく、犯罪は中々発覚しない。ただし一度《ひとたび》発覚してしまえば厳しい罰が与えられる。

故意の違反行為なら更生専門魔法少女の下に押しこめられて再訓練。

人間・魔法少女社会への影響があまりに大きかったり、行為自体が極めて悪質だったり、もはや更生が望めないとなれば、魔法少女に関わる全ての記憶を抹消された上で、ただの人間として社会に放逐《ほうちく》される。

　普通はここまでだ。これ以上の処罰は滅多にあるものではない。だが、滅多にないということは、絶対にないわけではないということでもある。

　魔法少女の力を失っていても社会に出れば害悪となる人間はいる。記憶を奪い社会に放逐しても関係者によって「拾われ」、記憶を取り戻されてしまった例もある。

　そういった後顧《こうこ》の憂《うれ》いを断ち切れない犯罪者は、世間と交わることがないよう収監される。二十七年前の法改正によって制度が変わり、現在の「魔法の国」には人道的見地から死刑制度が存在しない。だが収監は事実上死刑と大差ない。

「魔法の国」の収監とは、魔法による封印だ。超一流の術者によって施《ほどこ》された封印は、対象者のあらゆる行為活動を停滞させ、あやふやでぐだぐだにしてしまう。

　封印された重犯罪者魔法少女は、幾重《いくえ》にも張られた結界に守られて厳重に管理される。場所については最重要機密とされ、この世界のどこかにあるとしか一般には知られていない。

　セキュリティを最重視するのならば「魔法の国」に施設を置くべきだ。「魔法の国」なら脱走者が出ようと逃げ道はない。だが刑務所は人間世界にある。「魔法の国」の一部住人が刑務所の建設を拒んだためだとも、人間世界で行われた犯罪は人間世界で罰するべきという建前に従ったためだとも、ただの慣例で特に意味はないともいわれている。

☆ピティ・フレデリカ

夢と現実の狭間の隙間で存在そのものが曖昧になり、ぐるぐるどろどろと溶け続け、まともな思考能力はなく、なのに時間感覚は妙に冴え、追ってくる何者かから逃れようと、もがき続け、あがき続ける。追ってくる者などいるわけがないのに、だ。前に進むあても無いまま手と足を動かそうとし、手と足の認識さえできないのに焦りだけが募《つの》っていく。

二度とあそこに戻りたくないものだ。魔法少女「ピティ・フレデリカ」は、しみじみそう思う。背筋を反らせて伸びをした。それなりに時間が経過しているはずだ。腕を曲げ、伸ばし、次いで屈伸運動を繰り返した。背中で髪の毛が跳ねている。自分の意思で身体を動かせるという幸福を噛み締める。

筋力体力精神力いずれも鈍《なま》ってはいないようだ。今ここで殺し合えと命じられても身体はそれなりの働きをしてくれるだろう。

指を一本ずつ曲げ、開いていく。足を高く上げ、膝から下のみを曲げる。さして高くない天井に頭をぶつけるギリギリまで飛び上がり、着地した。長いスカートが身体に追随《ついずい》してふわりと膨れる。狭く黴《かび》臭い部屋の中で埃《ほこり》が舞い上がった。

「どんなもんね？」

「そうですね」

話しながら歩いた。部屋の中央まで二歩進み、相手に近寄ったところで蹴りつけた。

ノーモーションで放った前蹴りは、掌でやんわり止められた。脚を引っこめながら踝《くるぶし》まで隠すスカートを舞い上げ、ふわりと泳いだスカートを目隠しにして振り返りざまに抜き手を放つ。目標は半歩後退することでそれを回避し、流れるような動作で背中から抜き放ったギターをぎゃりりんと掻き鳴らす。フレデリカはギターから霰《あられ》のごとくあふれ出た八分《はちぶ》音符を回転させたスカートの裾で払い落とし、そのまま勢いに乗って空中で一回転し、直立した姿勢のままで着地した。

硬質な音とともに八分音符が床に落ち、溶けるように消えていく。

二人はしばし身構えたまま相対し、フレデリカの方からゆっくりと表情を緩めた。

「恩に報いるだけの働きはできそうですね」

「ういっひっひっひ。相変わらずなのねえ」

フレデリカは部屋を見渡した。大きさは五メートル四方、床も壁も天井も打ちっぱなしのコンクリで小さな窓には鉄格子という部屋の全景は、スラムの木賃宿《きちんやど》か刑務所のようだったが、部屋の中央に描かれた極彩色《ごくさいしき》の魔法陣が印象を打ち壊していた。

片膝をついて魔法陣に顔を近づけた。一つ二つではなく幾重にも重ねて描かれている。

文字と記号を魔法的に組み合わせて描くことで複数の魔法陣を一つの魔法陣にし、向けられる力を一方向へ収斂《しゅうれん》させている。

指の腹で魔法陣を撫で、爪先でガリガリと引っ掻いた。特になにかが起こる様子はない。この魔法陣はすでに力を失っている。

「素晴らしい術式です。この魔法陣で私を封印していたわけですか」

「腐っても『魔法の国』よね。こっちでもとっときの術者用意してもらったけど解除するのに苦労して苦労して」

フレデリカは立ち上がり、助け出してくれた恩人の方を向いて一礼すると、サラサラと流れようとする黒髪を人差し指で纏めて背中に送った。

「お世話をおかけしました」

「いやいや礼には及ばないよね。弟子として師匠を助けるのは当然のことだものね」

「無償で助けるというわけではないのでしょう？」

「そりゃもうね」

フレデリカは、魔法少女「トットポップ」に向き直り、ブーツ、パンツ、シャツ、と目を走らせた。鋲とベルトと革と棘《とげ》を使用したコスチュームは、魔法少女というよりポップスターのステージ衣装だ。髑髏《どくろ》モチーフをふんだんに用い、髪飾りはトラバサミにそっくりで、一見すると武骨な斧《おの》というギターがダメ押ししている。

さらにはガスマスクで顔を覆っていたが、デザインの浮き方から見てとれるように、こちらはそもそものコスチュームではない。

「貴女とも久しぶりに会いましたが……変わりないようでほっとしました」

「こっちの台詞だね、マスターフレデリカ」

少女はガスマスクをずらして顔を出した。笑っている。口元のピアスがちゃりんと鳴った。可愛らしく美しいのは魔法少女共通の特徴であるため特筆すべきことではなかったが、遠慮のない大きな笑顔はフレデリカの好みだった。なにより額にかかった一筋の髪が良い。艶《つや》やかで瑞々《みずみず》しいというだけでなく、短いながら一本一本の髪の毛に活力が詰まっているようだ。フレデリカはトットポップの頭に手を置いてよしよしと撫で、撫でられたトットポップは飼い主に甘える猫のように目じりを下げた。

フレデリカはたっぷりと髪の毛の感触を楽しんでから右手を外し、その手を自分の鼻に当てることで今度は匂いをゆっくりと堪能し、ふぅと息を吐いた。

「間違いなくトットポップですね」

「間違いなくトットの師匠《マスター》よね」

魔法少女「ピティ・フレデリカ」は、長年に渡り魔法少女の育成に携わってきた。フレデリカの弟子は数多くいたが、記憶に残るほどの者はそれほど多くない。トットポップは優秀な弟子ではあったが、優秀なだけでは記憶に残らない。反体制組織に身を投じて「魔法の国」を変革すべく戦い続けている闘士という強烈な生き方と、甘くしっとりと鼻の粘膜をくすぐる髪の香りが、フレデリカの記憶に深く刻まれている。

フレデリカを捕えてここに収監したのは彼女の最後の弟子だった。彼女の方は、もうフレデリカを師匠と思っていないかもしれない。だがフレデリカは今でも彼女のことを可愛い弟子の一人と思っている。

フレデリカは、まだ見ぬ理想の魔法少女を追い求めるため「魔法の国」から見えない場所で少しハメを外してしまった。かの悪名高き魔法少女「森の音楽家クラムベリー」と同じようなことをしていたのだ。最後の弟子となった白い魔法少女「スノーホワイト」は、運の悪い行き違いからフレデリカがしてきた行いを知り、それを許さず、フレデリカに誅《ちゅう》を下し、フレデリカは捕縛《ほばく》された。

長年こつこつ集めてきた「魔法少女の髪」コレクションが当局に没収されたのは痛恨の極みだったが、ここで捕まるのも悪くはないかと思ってもいた。最後の弟子は「この娘にならば後を任せても悔いはないかな」と思えるだけの素質を持っていたため、殊勝《しゅしょう》な気持ちになっていたのだ。その後取り調べを受けてすぐに投獄され、今は別の弟子によって救い出された。良くも悪くも弟子のおかげで運命が変転する。

トットポップはすっと横に移動し、扉のノブに手を添えて半回転させた。

「それじゃ追手がかからない内におさらばね。詳しい事情は道すがら」

無骨な金属の一枚戸を軋ませて開くと、その先の狭い通路でバタバタと足音が響き、ガスマスクの少女達が部屋から部屋へと走り回っている。

「準備はオッケー？」

トットポップが大きな声を出すと、

「もうちょい待っとってや！」

少女の一人が足を止めて怒鳴り返し、また走っていった。スカートの裾を翻《ひるがえ》して走っていく少女の白い脹《ふく》ら脛《はぎ》が瑞々しく躍動し、ガスマスクから零れた柿色の髪が一掴み風に泳いでいる。フレデリカは頬を緩めた。捕まった時の殊勝な気持ちは既にない。一度結界の中に囚《とら》われれば、誰もが二度と戻りたくないと考えるはずだ。フレデリカだってそうだ。それに娑婆に戻ってみれば、ここには素敵な髪も刺激も溢れている。悟ったふりは簡単にできても、実際に悟りを開くのは難しいものだ。

「もうちょっと待ってね。さっさとここから離れなきゃなんだけど、まあ色々と準備しなきゃなの。魔法的だかなんだか知らないけどね」

掌を合わせて頭を下げるという動作に日本人らしさが見てとれた。トットポップは日本人ではなかったはずだが、習慣というものは住み暮らす間に変化する。

忙しげに走るガスマスクの少女達を眺めながらフレデリカは顎先に指を当てた。

「結界解除するのに骨が折れたといいましたね」

「そうね」

「防衛突破するのにも随分骨が折れたでしょう？」

「いやいや、そこはそれ」

「にやり」という形容がこれほど似合う笑顔はないだろう、とフレデリカは思った。

「こっちも色んな場所に色んな人を送りこんでてー、そこから得られた情報を元にして監獄の防衛がやわっこくなるタイミングを見計らっての突入なのね」

「……なるほど」

監獄に収監されているフレデリカを反体制派所属のトットポップ率いる魔法少女部隊が救出した。それは要するに反体制派がフレデリカの能力を欲しているということなのだろう。トットポップが師匠への義理を果たすべく監獄に挑戦するとしても、まさかなんの見返りも求めず、組織が増援を出してくれるわけがない。

「どういう仕事をやらされるんでしょうか？」

「人探しというか……そう、誘拐。『魔法の国』のある部門が飼ってる暗殺者というやつがいるのね。そいつを捕まえて大々的に告発してやるの」

「よくそんな情報が入りましたね」

「さっきもいったでしょ。トット達は色んな場所に色んな人を送りこんでるのね」

目を瞑り、想像する。自分の前にレールが敷かれている。フレデリカにどのように働いて欲しいのか、という反体制派が敷いたレールだ。先は見えない。その上を通ってくれと頼まれている。

が、どんな乗り物でレールの上を通ってくれとまで頼まれた覚えはなかった。

「ここ、第七宿舎でしたよね？」

「そだね」

他所《よそ》で聞かれてもわからないようにという配慮からか、こういった「秘密の場所」は独特の符牒《ふちょう》で呼ばれる。「宿舎」という呼称は、監獄の隠語である。

フレデリカは記憶を辿った。

フレデリカが頼みにできるものはそこそこ多い。腕力、敏捷性、戦闘経験、持っている魔法。投獄される前は人脈もあった。そして、魔法や魔法少女に纏《まつ》わる知識。

魔法少女を愛してやまないフレデリカは、己の魔法を用いて情報収集を繰り返していた。魔法少女用の監獄についてもそれなり以上には調べてある。罪を犯した魔法少女には大変に好奇心を刺激されたのだ。

日本には魔法少女用の監獄がない。悪党魔法少女が日本で捕まっても、放りこんでおく場所がないので、別の国へ送られることになる。第七宿舎はイギリスにあったはずだ。ここに投獄されている魔法少女はフレデリカだけではない。フレデリカが捕えられるよりも遥かに昔、この国で悪事を働き、獄へ繋がれた魔法少女がいる。それは、確か——

「封印を解除した術者はまだいますね？」

「いるけど、それが？」

「あと二つ、封印を解除してもらいたい」

「……は？　いや……え？　いやいやいやいや」

トットポップは顔の前でぶんぶんと手を振った。

「時間がないんだってば。無理無理無理無理。のんびりしてたら怖い人達来ちゃう」

「それについては問題ありませんよ」

「問題大あり！　迅速《じんそく》に事を運べっていわれてんのね！」

「私の考えが間違っていなければ、猶予《ゆうよ》はあるはずです」

「いや、だって」

「そのように指示を出してください」

レールは見えている。だからこそ強い列車が必要になる。フレデリカ一人ではない。もっと強く、もっと悪党で、もっといかした魔法少女が必要だ。先ほどの軽い手合わせでトットポップの成長は充分に感じることができたが、彼女ではまだ役者が足りない。フレデリカさえ散々に振り回す化け物が欲しい。

場所柄、そういった化け物は揃っている。

「まずはプキンの封印を解除。その後、ソニア・ビーンの封印を解除します」

その二人でいい。どんな任務であっても役に立つ。役に立ち過ぎるあまり暴走してしまうかもしれないが、それくらいの元気があってちょうどいい。フレデリカが好きな魔法少女は、フレデリカでも御《ぎょ》しきれない魔法少女だ。

フレデリカは笑った。心の底から戻ってこれたことに感謝していた。愛してきた魔法少女達とまたお付き合いすることができる。これほど嬉しく楽しいことはない。

「さあ急いで。先輩方は気が短い。起こすのが遅れたら叱られますよ」

トットポップがぶつくさいいながら指示を出し、ガスマスクの少女達が結界を解除するために動き始めた。

フレデリカはトットポップを抱き寄せて髪の中に顔をうずめた。

ピティ・フレデリカは魔法少女を偏愛している。東に優れた魔法少女がいると聞けば駆けつけて髪の毛を拾い、西に美しい魔法少女がいると聞けば出向いて髪の毛をくすねる。理想の魔法少女を追い求め、試験官として魔法少女の卵達から才能を見出《みいだ》し育てる。現代の魔法少女だけではなく、過去を紐解《ひもと》いて高名な先達《せんだつ》の活躍を漁《あさ》ったりもする。

高名というのは褒められたものばかりではない。悪名もまた名なりとはよくいったもので、悪いことをしたやつほど資料に残っていたりする。資料を作った当時の魔法少女も、同僚の活躍を記すよりは悪事を残す方を優先したのだろう。嫉妬心《しっとしん》がそうさせたのか、それとも後世への教訓をまず第一にと考えたのか。

フレデリカには情熱と必要性があった。悪の魔法少女がいかにして悪の道に堕ちたのかを知りたかったのだ。フレデリカが追い求めていた理想の魔法少女は、正しさの中にある魔法少女だった。究極的に正しい魔法少女は常に邪悪を必要としている。

プキンとソニア・ビーンは悪いことで名を成した魔法少女の中でも特に有名だった。彼女達が暴れ回ったのは百三十余年前のグレートブリテン島だ。彼女達の働きはわらべ歌として残るほどで、ソニアが歩けば道が赤く染まるとか、死体を山にしてそのてっぺんでふんぞり返るプキンとか、そういった残酷な歌詞となり、地元で歌い継がれている。

プキンの趣味的かつ残酷な拷問《ごうもん》による犠牲者の詳細、ソニアの突発的強盗行為による被害者の人数、プキンが生み出した冤罪《えんざい》の数々、ソニアが敵対者に対し行った粛清、これらは負の記録として残っていた。

彼女達が特に活躍した地域では「悪いことをするとプキンとソニアが来るよ」と幼児教育に名前を利用されている。脅《おど》しつけられた幼児達は恐怖にむせび泣いて親に詫びるのだという。彼女達が生まれ落ちてから他人の役に立っている唯一の事例かもしれない。

ピティ・フレデリカはそういった表向きの事情だけでなく、プキンとソニア・ビーンの犯罪歴や傾向、そこから推察できる人となりも熟知していた。

まず第一にプキンの封印を解除させた。

ガスマスク軍団が所定の位置に散る。ある者は魔法を弱めるために祈り、ある者は解除の魔法を傍から強化し、ある者は魔法の力を吸い上げて他の者に渡し、ある者は魔法陣に念を送り内側から攻撃する。一本の釘《くぎ》が魔法陣に突き刺さり、釘は苗木《なえぎ》となって根を伸ばし、コンクリートを割り、刺さった箇所を中心にして放射状のひび割れが走った。魔法陣の形がうねり、歪み、視認できるレベルの魔法の力が、水に垂らした工業油のように辺りの空気の色彩を変化させ続け、なにかが割れる甲高い音が耳を打った。フレデリカはガスマスク軍団とトットポップに命じて後ろに下がらせた。

変化し続けていた色は混ざり、その結果灰一色に収束していき、同時に空間は物理法則を取り戻し、あるべき姿に収まっていく。フレデリカは見てるだけで酔いそうだという感想を抱き、自分もこのようにして解放されたことを思い出して軽い吐き気を覚えた。

漂う灰色は煙状となって拡散し、薄らいだ灰色の奥に人影が見えた。

明るい色の髪に刺してある水鳥の羽、長い手袋と揃いのブーツ、波打つ飾り襟、腰に提げたレイピア、おとぎ話に登場する王子様然とした衣装は、本性を知らなければ正義を掲げる主人公にしか見えない。表情はぼんやりして、瞳は茫漠《ぼうばく》と光も掠れて落ち着きなく周囲を見回していた。ぱっとしない表情と振る舞いを見せていても、容姿の美しさは魔法少女並……いや、フレデリカの目にはそれ以上に輝いて見えた。

「すっげ……」

トットポップが思わずといった調子で呻《うめ》いた。

トットポップだけではない。背後のガスマスク達もざわついている。

体制に弓を引き、違法な活動に従事する彼女達であれば気がついただろう。プキンの周りに川となり流れた膨大な血が見え、プキンの足の下でもがく犠牲者が口にした呪詛《じゅそ》と怨嗟《えんさ》の声が聞こえる。ただそこに立っているだけで、プキンによって殺された人間の数が肌を通して伝わってくる。

フレデリカは両手を開いて後ろの魔法少女達を抑えた。まだプキンに近寄ってはならない。腰のレイピア、手足の長さ、魔法少女としての筋肉のつき方等をつぶさにチェックし、この距離なら大丈夫という間隔を保っている。

プキンはふらふらと覚束《おぼつか》ない様子だったが、少しずつ瞳に光が戻っていく。フレデリカは顔を足元へ向け、その場に跪《ひざまず》いた。

「フレデリカと申します。プキン将軍。お迎えに参りました」

顔を上げるとプキンが意外そうな表情でこちらを見ていた。フレデリカは薄く微笑み、それを見たプキンは唇の端だけ使って笑った。いやらしい笑い方だったが、それでもノーブルな印象は崩れていない。

「仕事か?」

声も同じだ。美しい人間の少女の声と認識できるはずなのに、血腥《ちなまぐさ》さがついて離れない。ただ話しかけられただけなのに、脅されているような気さえする。

「報酬は用意してございます」

「ほう。ただ働きではないと」

「二度とこの獄に戻る必要はございません。自由を差し上げましょう」

フレデリカの提案を聞き、しばし意外そうな顔で見返し、プキンは愉快そうに笑った。

「面白いことをいう！　永遠に封印された呪われし化け物を解き放つというか！」

「閣下ほどの方をいつまでもここに留め置くなど人類史に対する冒瀆《ぼうとく》でしょう」

人類史まで引き合いに出して褒められても喜ぶ者は普通いない。だがフレデリカはプキンが普通などではないことを知っている。これくらいいってやった方が扱いやすい。少女剣士は「当然のことだ」とばかりに傲然《ごうぜん》と頷いた。

「貴様らがいったいどんな難題を出すのか知れたものではないが、この不愉快極まる場所におさらばできるなら悪くなかろう。我が名誉にかけて、救い出してくれた恩人に報いてやろうではないか。ところでソニアはどこだ？」

「閣下のご許可をいただき次第、すぐお救いするよう命じてあります」

「許可など必要ない。すぐにでも助けてやってくれ。ソニアは忠実な従者だ。ただ一途《いちず》に従うというだけでなく、ある種の才能を持っている。我輩にはソニアが必要なのだよ」

背後でざわめいている中で、ぽつりと「今時我輩って」という声、それにくすりと小さく笑う声が続き、フレデリカの頭上で銀色のなにかが煌《きらめ》いた。

「ではソニアの所へ行こう。きっと待ち焦がれているはずだ。あれは泣き虫で寂しがり屋だからな。一人で放っておくとすぐにべそをかく」

プキンはフレデリカ以下の魔法少女達など見えてもいないように歩き始めたため、ガスマスク軍団は慌てて道を開け、フレデリカはプキンを先導するよう前へ出た。

プキンは満足そうに二度頷いた。

「無礼者の始末はそちらに任せる」

プキンは歩きながら右手の指をパチンとスナップさせ、同時にごとんごとんとなにかが落ちる音が聞こえた。それに複数の悲鳴が続く。フレデリカが後ろを振り返ると、二つのガスマスク——ではない。切り落とされた首が二つ通路に転がっていた。壁も床も魔法少女も、全てが鮮血で赤く染まっている。

魔法少女二名の首が斬り落とされていた。首の持ち主は土下座の姿勢でくず折れ、どくどくと血を流し続けている。恐らくは、先ほど小声でプキンの一人称を馬鹿にした者と、それを笑った者だ。

フレデリカはいきなりの凶行に固まっているトットポップを目で制し、後片付けをしておくよう小声で命じると、前へ向き直り歩き出した。

プキンと行動を共にするなら考慮しておくべき事柄は多い。ガスマスク達にも絶対に失礼がないよういい含めておいたが、それでも失敗する者がいる。少女という生き物は黙らせておけないようにできているのだ。

ソニア・ビーンはなにからなにまでプキンと対照的だった。

さも自信ありげに堂々としているプキンとは違い、おどおどびくびくとしているように見える。ちょっとした物音があればびくりと震えてそちらを見る。見ていて気の毒に思えてしまうくらいだ。

気の毒に思えるのは衣装の影響もあるかもしれない。優雅で貴族的な装いのプキンに対し、ソニアの衣装はボロボロだった。継ぎが当てられ、破れた箇所を繕い、糸はほつれている。幸いにも不潔感だけは全くなく、どちらかというと戯画化的にコミカルなタイプだった。

見た目だけではなく、経歴もまるで違う。「魔法の国」の役人として輝かしい実績を積み上げてきたプキンと、洞窟に潜んで通りかかる旅人を襲っていたというソニア。プキンが特例をもって拾い上げなければ、生涯を一追い剥《は》ぎとして終えていただろう。

今、彼女達二人は、パブの地下応接室で鶏の丸焼きを食べていた。プキンはマナーに則り見事な手際でフォークとナイフを操って肉を切り分け、行儀よく食べている。ソニアは野生の獣のように鳥足を掴んで齧《かじ》りついていた。ひょっとすると生で出しても食べたかもしれない。ヨーク朝時代の銀燭台やシルクのみで織られたペルシャ絨毯《じゅうたん》のタペストリー、紫水晶のシャンデリアといった無節操な豪華調度品が売りの特別ルームで、マフィアや政治家や成金がお忍びでこの部屋に来るんだとトットポップは自慢していた。覚醒したばかりの二人に敬意を表してこの部屋を借りたのに、二人は調度品には目もくれず食事に夢中だ。

フレデリカは「失礼します」と一言断りを入れて席を立った。ソニアもプキンもフレデリカにかまうことなく食事を続けている。

フレデリカはドアをそっと開閉し、部屋の外に出た。重低音が身体の底に響く。フレデリカにとっては趣味から外れる音楽であったため、ジャンルさえも知らなかったが、トットポップが好みそうな楽曲が上階で流れているのがここまで届いていた。ドアの先は煌びやかなタイルで埋め立てられた通路に続き、そこではトットポップが仁王立ちしていた。一応名目上は番人ということになっている。

「お疲れ様です、トットポップ」

「ねえ師匠。あの二人ってご飯食べるのね」

「ええ。現代の魔法少女とは色々違いますから。品種改良は着々と進んでいるのですよ。少なくとも燃費については我々の方が勝っています……それはともかく」

　フレデリカは不審げに目を細めた。

「どうしてそんな小声で話すんですか？」

「だって……」

　トットポップは顔を寄せてさらに声を落とした。トットポップの髪がフレデリカの頬を撫で、フレデリカはその感触に喜びを感じて思わず身体を震わせた。

「下手なこといってポロリは嫌だものね」

「随分とセクシャルな音喩《おんゆ》を使うじゃないですか」

「冗談じゃないね。ありゃ危ないね。怖いね」

「でも貴女《あなた》はそういう相手、好きでしょう？」

「そりゃもちろん！」

　満面の笑みでサムズアップし、すぐに表情を改めた。

「でもねえ。トットも一応はリーダーってやつを引き受けてるわけでね」

　今度は親指を自分に向けて胸を張った。得意げに笑ってから引き締める。

「うちの可愛い子に犠牲者出したくないの」

「もっともな話です」

「爆弾抱えて歩くのはスリル満点大好物だけどねえ。親分としちゃ子分どもの身の安全ってやつを第一に考えなきゃいけなくてねえ」

「それについてなんですが、私と貴女とプキン将軍とソニア嬢だけで行動するのがよろしいのではないかと」

「はい？」

「少数精鋭ですよ。人数を増やさない方が仕事はやりやすい」

トットポップはタイルの壁にもたれかかり、突き当たりのドアにちらと目をやった。

「あの二人、そこまで信用できんのかね？」

「実力についてのみいうのであれば、間違いなく信用に足る人達ですよ。人格については……どうせ我々だって他人のことをとやかくいえないでしょう」

「コントロール失った挙げ句に暴発しましたじゃお話になりませんのね？」

「ソニアをコントロールするのはプキン将軍のお仕事です。プキン将軍に気持ちよくお仕事をしていただくのが私の役目です」

百三十年前、現役だった頃のプキンは「魔法の国」の監査役を務めていた。今とは逆で取り締まる立場だったのだ。プキンは優れた監察役として当時の魔法少女犯罪を多数告発し「将軍」と讃《たた》えられたという。

その賞賛が一転地に落ちるまで大した時間はかからなかった。プキンが解決した強盗事件の真犯人が、「罪悪感に耐え切れず友人に告白したところ出頭を勧められた」として自首。事件は再調査され、冤罪だったことが明らかになったが、すでに処刑は終わっていた。

プキンの手がけた事件の内、疑わしいとされたものから一つずつ再調査がなされ、過去の案件が掘り返された。プキンは魔法によって自白を強要し、事件だろうと事故だろうと自殺だろうと自らの手で犯人を生み出してきたのだという調査結果が出た。

当時の「魔法の国」の法の下では監査役の権益が異常に強く、処刑された関係者の財産は全て没収され、その内五割は監査役の懐《ふところ》に入った。プキンはそれを目当てに冤罪を増やしたという咎《とが》で捕縛され、封印刑に処せられた。

プキンは逮捕直前に本を一冊出版していた。自身の功績自慢と同時に自己弁護でもあるその自叙伝《じじょでん》は、今でも「魔法の国」の資料保管庫に保存されている。犯罪者の言い訳とズレた自負心で満ち満ちた内容は失笑必至の見苦しさで、現実に即していたとも思えなかったが、著者の人間性は生々しく伝わってきた。

フレデリカは取り入ることが得意だ。相手にとって気持ちの良いことを見つけ出し、心の内側に入ってそっと撫でてやる。わかりやすいステレオタイプなら尚更だった。プキンならいかようにでも操ることができる。

プキンの著書は基本的に本人のことで終始していたが、僅《わず》かながらソニアに関する記述もあった。ソニアはプキンの用心棒的な存在だった。監獄での離れ業《わざ》を見るに、プキンはけして荒事が不得意ではない。そのプキンをして荒事を任せられる稀代の荒事士がソニア・ビーンという魔法少女だった。ソニアの絶対的な暴力を背景に、プキンはのさばり、増長し、「魔法の国」に捕えられるまで我が世の春を謳歌《おうか》した。

「もう解放しちまってからこーゆーことというのはアレなんだけどね。今回のお仕事に連れてくにはちょっとばかり火力過剰じゃないかなーって思ったりすんのね」

「今回の仕事に彼女達の力は不要だと?」

「街の中に隠れてる殺し屋を一人捕まえるってぇ仕事なの。問題になってるのは捜査班の中に『魔法使い』がいるせいで市内全域に結界張られてまともな手段じゃ外からは手ぇ出せねーってそれだけのことね」

フレデリカは薄く微笑んでトットポップの頭を撫でた。

改革派は犯人を捕まえ「魔法の国」の不正の証《あかし》として保護するために動いている……ということになっている。少なくともトットポップはそう信じていた。

フレデリカは信じていない。「魔法の国」は魔法少女を侮《あなど》っていることがあっても甘やかしているわけではない。フレデリカは魔法を用いて情報収集に勤《いそ》しんできた。改革派上層部と「魔法の国」との癒着《ゆちゃく》も承知している。革命家を気取っていても、その実は「魔法の国」の一部勢力と深く結びつき、出先機関として勢力争いの一端《いったん》を担《にな》っているに過ぎない。「魔法の国」に革命家が存在を許されている理由は、「魔法の国」の一部にとってそれが便利だからだ。

やすやすと監獄を急襲させ、手も足も出ずに危険な囚人達を解放させるような「魔法の国」ではない。トットポップを操っている誰かが別方面から手を回して警備の穴を開け、お膳立てしてくれていたとしか思えない。だからこそフレデリカはプキンとソニアの二人を解き放った。ぐずぐずと時間をかけても警吏《けいり》がやってくることはないと踏んだからだ。「魔法の国」の魔法少女部門はどこまでも縦割りだ。各部門が鎬《しのぎ》を削って自陣営の既得権益を守るために足を引っ張り合っている。暗殺犯がどこかの部門から委託されて仕事をしているという噂は恐らく真実だろう。だからこそ様々な勢力が入り乱れて犯人の身柄を、もしくは生命を奪い合っていると推測できる。

現在B市にいるのは、専属の捜査班と犯人だけではない。各部門の命を受けた強力な魔法少女が何人も潜入しているはずだ。そこへ出向くのなら相応の力を持っていかなければいけない。力を持たずにノコノコと顔を出しても蹴散らされておしまいだろう。ブタをいくつ出そうと同じことだ。必要なのはなによりエース。プキンとソニアがいれば、そんなことにはならない。けして折れないバックボーンになってくれる。

そのバックボーンは仕事を終えてからも役に立つ。今回扱う事柄は相当にデリケートな問題だ。トットポップはフレデリカの愛弟子だが、この状況下では、彼女も、彼女のバックも、100パーセント信じることはできない。大役を果たしてから無事に解放してもらうための保険が要る。兎を捕まえた猟犬ごと鍋にしてしまう飼い主というのはけして例外的存在ではない。フレデリカが欲している自由のためには、口封じされないだけの力が必要だ。

「優先順位を考えなさい。貴女が今すべきことは余計な心配ではありません」

「余計？　かねえ？」

「ええ、余計ですよ」

フレデリカは人差し指を立て、そっと唇に当てて特別室のドアに視線を送った。トットポップも目の動きにつられてドアに目をやり、途端にゆっくりと開き始めたドアを見てぎょっとした。

「ご飯、足りないってプキンが……」

ソニアがドアの隙間から顔だけ出して呟いた。視線は足元に向けられていたが、発言はフレデリカとトットポップに向けられたものだろう。フレデリカはトットポップを促し、トットポップは勢いよく駆けていき、三分も経たず戻ってきた。両手に一つずつ大皿を持ち、両腕でもう一つ皿を抱え、頭の上にまでボウルを乗せている。フレデリカは通路で体を入れ替え、トットポップの背を押した。

「貴女の今すべきことはなんですか？」

「料理持ってくることだね？」

「ええ、料理を持ってきて、もう一つ。ゲストを楽しませることです」

「楽しませる？」

「貴女の巧みな話術でお二人を楽しませて、仲良くなって、友達になってください。きっと仕事もやりやすくなることでしょう」

「えっ、ちょっ、マスター、そりゃいくらなんでも」

ドアをノックし、そっと開いてトットポップの身体を押しこみ、閉じた。

トットポップにはトットポップの仕事が、フレデリカにはフレデリカの仕事がある。フレデリカは様々な勢力からよってたかって狙われている暗殺犯のことを思った。魔法少女専門の暗殺者。武器は大きな刃物。最後の弟子のスノーホワイトには、巨大な武器を使用するように勧めておいた、が。

――あの子なら暗殺なんてしないでしょうね。

フレデリカの集めていた魔法少女の毛髪コレクションは当局に没収されてしまった。それさえあれば彼女に会いに行くこともできたのに。また一から集め直しか、と残念に思うと同時に、もう一度集めることを考えるとわくわくした。

ピティ・フレデリカの魔法を一言でいいあらわすのは難しい。

まず第一に目標の頭髪が必要になる。頭髪は指に巻く程度の長さが必要だ。髪の毛であることも必須条件で、他の体毛で代替《だいたい》することはできない。目標の髪の毛を手の指に巻き、きゅっと結ぶ。そうすることで左手に持った水晶玉に目標が映し出される。

百億光年離れた宇宙空間に漂っていても、電脳空間に閉じこめられていても、別次元で大冒険していても、平行世界で新しい人生を切り開いていても、フレデリカの水晶玉は目標の現在を映し出す。ただし生きていれば、だ。死んだ者を映し出すことはできない。

フレデリカが現役だった頃は、この魔法を存分に利用したものだ。すれ違いざまに髪の毛を掠め取る技を磨き、それが使えない相手と見れば家に忍びこんで絨毯の上を這って落ちている毛を捜す。そうやって手に入れた髪の毛を使い、同僚の弱みを握ったり、上役の下の事情を覚えておいたり、偉い人同士の密談を覗いたり、可愛らしい少女の生活を肴《さかな》に杯を傾けたり、自由自在に魔法を使う。

さらに、フレデリカの魔法はただの遠隔視ではない。

自分の手を水晶玉の中に入れることで、水晶玉に映し出された映像に介入することができる。水晶玉に突き入れられたフレデリカの手は空中を浮遊して移動し、掴む、摘まむ、握る、殴る、叩く、といった「手」が行える動作は全て実行できる。

水晶玉の中に手を入れ、そこにある物を掴む。そのまま水晶玉から戻せば、その物をこちら側に持ってくることができる。引き出す物は水晶玉の大きさに囚われることはない。フレデリカが片手で持ち上げられる重量であれば、水晶玉より大きな物であっても水晶玉から引きずり出すことができる。魔法に物理法則は通用しない。距離も次元も空間も世界も問わない。

そして逆もできる。目標を水晶玉に映し出し、なにかを持ったまま手を水晶玉に突き入れれば、それを目標の下に送り届けることができるのだ。

今回、改革派がフレデリカにやってほしいことはこの応用法だ。人員を水晶玉越しに送りこめば、丸一日出入りを拒む結界を無視し、行って帰ってくることができる。出入り自由なフレデリカ達にとって、結界はむしろ手助けになる。結界さえ張られていれば目標は逃げられない。籠の中の小鳥を手掴みで捕まえるのと変わらない。二十四時間というリミットの間に犯人を確保するのがミッションの目標となる。

小鳥を狙う毒蛇はプキンとソニアが適宜《てきぎ》処理してくれる。捜査班が邪魔になるようでも同様だ。武力という分野で彼女達を凌《しの》ぐ者がどれほどいるというのか。


トットポップを部屋の中に放りこんでから三十分が経過した。

フレデリカは相手の懐に入りこむことに長けている。なにを求められているのか、言葉、仕草、経歴、その他を魔法によって観察することで掴み、万難《ばんなん》を排し、結構を配置して、媚《こ》び諂《へつら》い、阿諛追従《あゆついしょう》、協力、指導、同調、時には戦略的敵対までして全力で取り入る。

フレデリカの弟子であるトットポップもまた相手の懐に入りこむことに長けている。だがその方法はフレデリカにも真似できない。弟子であるといっても、彼女がとる方法はフレデリカが教えたわけではない天性のものだ。

トットポップは雑でいい加減で鷹揚《おうよう》で何事にも拘泥《こうでい》しない。楽しければそれでいいという生き方が通常考えられるレベルを超え、親や親友の仇であっても付き合って楽しい相手ならそれで良しとする。テロリストだろうと快楽殺人鬼だろうと髪の毛フェチだろうとストーカーだろうと魔法少女マニアだろうと受験者に殺し合いをさせていた試験官だろうと、気に入った相手なら「ロックだねえ」だけで終わらせてしまう。

そこにフレデリカのような嘘偽りはない。正真正銘相手に親愛と友情を感じ、相手もそれに応えたくなってしまう。針鼠のように頑《かたく》なな相手に対し、針を避けるのでもなく、針を抜くのでもなく、針が刺さっても気にしないという解決していない策をとる。

フレデリカはトットポップの特性を知った上で彼女をソニアとプキンに当たらせた。

「そもそも我輩は罪を捏造《ねつぞう》したかのようにいわれた。確かに捏造はした。それは認めようじゃないか。だがね、その捏造は全て正義のためだった」

「どういうことね？」

「拷問吏としての長年の経験から、我輩は相手がどのような性質を備えているのかなんとなく読み取ることができる。世界に悪をもたらすか、それとも善をもたらすか」

「すげえ！　ぱねえ！」

「今なんの罪も犯していなくとも、後に悪となるのであれば、その場で摘《つ》むのが法の番人としての責務。我輩はそれを果たしただけに過ぎんのだ。なのに査問の連中はまるで私欲のために罪無き市民を虐殺したかのように報告書をでっち上げた」

「マジで！　そりゃあんまりだ！」

「後の歴史にそれは残った。我輩は比類なき悪逆の徒として名を残し……」

「ひどいね！　査問の連中ずっけえ！」

「我輩一人が悪《あ》し様《ざま》に罵《のの》しられるのであればまだ我慢ができよう。ソニアまで巻きこんでしまったことだけは未だもって心残りだ」

「うわ、将軍超いい人。ついてくねー、こういう上司がいれば命を懸けてついてくねー」

自分の部下が殺されたと嘆いていた過去はすでに忘れてしまったのかもしれない。延々と続く愚痴《ぐち》に対し、真面目に聞き入っている。フレデリカはドアにつけていた耳を離し立ち上がった。我が弟子ながらたいしたものだ。


「海外に行くなら飛行機に乗っていきたい」というプキンの提案は、時間がないこともあり、相手の顔を潰すことがないようごく丁重にお断りした。B市在住者の髪の毛は、協力者によってすでに入手してあった。この髪の毛一本がなければ、結界を無視してB市に入ることはできない。

B市在住者の髪の毛を指に巻き、まずはトットポップを水晶玉の中に押しこみ、その後、ソニア、プキンと続いて投入し、最後にフレデリカの手でフレデリカ自身を掴んで水晶玉に入れるという物理法則を無視した行為によって、革命軍特務部隊——プキンが命名した——はあらゆる魔法を弾く結界を飛び越えてB市に潜入した。

フレデリカがB市に入った時点で髪の毛の持ち主は半死半生になっていた。

「騒げば殺すと伝えたんだが、それでも逃げ出そうとしてね」

「日本語で伝えないとまずかった系の匂いはするね」

「悲しい行き違いであるな」

喉を切り裂かれ、テーブル上の血溜まりに突っ伏す恰幅《かっぷく》のいい老紳士は、ほどなくして息絶えた。髪の毛の持ち主を殺したら魔法が使えなくなってしまいます、という説明を一応は聞いていてくれたらしい。プキンもソニアも、手加減なしならもっと手早く人を殺してしまう。

無事に結界の中に入った。ここからは、足で稼いでターゲットを探さなければならない。ところが、「我輩を徒歩で移動させるのではあるまいな」とプキンが我儘《わがまま》をいい出し、これぞという車を探すことになった。もっとも、車はけして悪い移動手段というわけではない。田舎は時間帯にさえ気をつければ渋滞していることは稀だし、なにより四人が揃って人目につかずに移動できる。

問題は、プキンが納得するような車を見つけられるかということだ。時間帯はすでに夜、しかも人気の無い田舎道ということで、車の入手までは相当時間がかかることが予想されたが、案に反して彼女の趣味に合致する車はすぐ見つかった——というか走っていた。プキンはソニアに命じて後を追わせた。ソニアは車と併走し、外側からドアを開いて手を車内に伸ばしたと思った時にはすでに運転手の首から上が無くなっており、コントロールを失った自動車は電柱に激突して止まった。

目標としていた車を壊してしまい、ソニアはプキンから怒られた。目に涙を浮かべて震えているのを見て可哀想になったのか、トットポップが助け舟を出した。

「バンパーが少しへこんだくらい。これなら問題なく使えるね。この国の自動車に比べれば、アメリカ産はとかく頑丈にできているものね」

ぴかぴかに磨き上げられた新品同様のフューリー。ただし前面に今できたばかりの事故跡あり。カラーはビビッドレッド。運転手の服装は量販店で買ったと思しきスーツで、吊るしのせいかサイズが微妙に合っていない。新人サラリーマンというところだろうか。なぜこんな車に乗っていたのかは永遠に解決しない謎となって残った。

「以前映画でこれを見た。それ以来一度でいいから乗ってみたいと思っていたんだ」

「あの映画かな。車が人襲うやつ？」

「そうそう、それだそれだ」

百三十年前に収監されたプキンが、なぜそれより後に公開された映画のことを知っているのか。それは、彼女が何度か「仕事」で牢獄から一時的に解放されていたからだ。

「残念ながらあれとはバージョンが違う車ね」

「それは残念だが妥協してやろうではないか」

「あれね、原作小説もあるの」

「ほう。一度読んでみたいものだな。英語かラテン語の翻訳版はあるか？」

トットポップは助手席に、プキンは後部座席に座り、運転席にはフレデリカがついた。ソニアは手慣れた様子でさっさと死体の服を脱がし、さらに手荷物をまとめてトランクに放り入れ、それを見たプキンが怒鳴った。

「ソニア！　何度教えればわかる！　なんでもかんでも持っていくわけにはいかんのだ！　荷物は死体と一緒に片付けておけ！」

「だけんど。ええ洋服着《べべ》てんです」

「服まで剥ぎ取って金に換えずとも飢えることはない。この国には美味い物が満ち溢れているぞ。スシでもテンプラでも好きな物を食べさせてやるから今は我慢しておきなさい」

ソニアは名残惜しそうに死体の足先から首までを眺めてから、すっと全身を撫で、死体を黒い屑《くず》に変えた。黒い屑は形を保っていることができず、風も無いのにぱらぱらと崩れ、後にはなにも残らなかった。

これが「触れたものを劣化させることができる」ソニア・ビーンの魔法だ。あらゆる生物、無生物、エネルギーは、抗《あらが》う余地無く存在そのものを陵辱《りょうじょく》される。この魔法がプキンの増長と専横《せんおう》を許し、「魔法の国」から討伐《とうばつ》される遠因となった。

ソニアは打ちひしがれた様子で後部座席に乗りこみ、プキンはスキヤキもあるからとそれを慰め、トットポップは「なんというハングリー精神」と喜んでいた。どこに喜べる要素があったのかフレデリカにはわからない。ひょっとしたらこの四人の中で一番の常識人は自分なのではないかと思い、胸の内に密《ひそ》やかな喜びが広がった。フレデリカは非常識な魔法少女が大好きだった。弟子達は今でも元気でやっているだろうか。

B市はそこそこ大きく、結界はその大半をカバーしている。市の端には近寄らないよう運転させた方がいい。まかり間違っても結界に触るわけにはいかない。自動車で結界に突入した場合、自動車だけが結界の外に出て、中の魔法少女は引っかかる。どれだけ悲惨なことになるか想像に難《かた》くない。


フレデリカは十五分ほど田んぼに包囲された国道を走らせた。その間、プキンは与太話を続け、ソニアは車の持ち主が所持していたスマートフォンをいじっていた。フレデリカは道路傍に回転寿司のチェーン店を見つけて車を停めた。

「えっ？　まだ食べるのね？　だってさっきたらふく食べてきたのよね？」

「スシは別腹だ！　いくぞソニア！」

「あーい」

プキンは優雅に回転寿司の暖簾《のれん》を潜り、ソニアはびくつきながらそれに続いた。フレデリカはおっとりと微笑んだ。

「私達もお付き合いさせていただきましょう」

「ああもう、仕事しなきゃなのに仕方ないね……トットのマグロはキープしといてね！」

現代魔法少女に比べ、旧型魔法少女の燃費は悪い。食料補給が必要だ。それに先ほどソニアを止めたプキンのいい口は、暗にスシとテンプラとスキヤキを要求していた。応えられる要求には応えてストレスを軽減しておくべきだろう。

「おお、これがスシ！　すごいじゃないか。ベルトコンベアで運ばれている。工業大国だとは聞いていたがスシにまでそれを応用しようとは恐るべき民族よ。落ち着けソニア、スシは逃げない……いや逃げているな。よし、さっさと食べよう」

堰《せ》き止める勢いで寿司を平らげていくソニア、ソニアが汚すのをそれとなく拭いてやりながら自分の分もきっちりと確保するプキン、それを応援するトットポップ。ただでさえ風体《ふうてい》で目立つというのに、行動でも注目を浴びている。店員、僅かな客とともにこちらを見てひそひそと話している。中には撮影の許可を求めてくる者もいたが、フレデリカはどうぞどうぞと許し、掲げられたスマートフォンに向かって笑みを浮かべた。

現役魔法少女だった頃は、「魔法の国」の言い付け通り、正体を伏せ人間の目に留まらぬよう注意を払って活動してきた。だが、今の立場はただの無法者だ。変身したままで自由に活動すればいい。自分たちにデメリットがあれば別だが、必要以上に隠密活動に拘《こだわ》ることはない。ソニアはスマートフォンを向けてきた中年男性に向けて寿司を頬張ったままでピースサインをし、トットポップは店員の差し出した色紙にさらさらとサインをしていた。

フレデリカは緑茶のパックをお湯に浸《ひた》して、二度息を吹きかけてから口中を湿らせた。回転寿司の日本茶は、安っぽくても舌に馴染《なじ》む。心を落ち着かせてくれる。魚偏《へん》で満たされた湯飲み茶碗は、母国に帰ってきたんだという実感と郷愁を感じさせてくれた。

プキンとソニアは、長い収監期間中、「魔法の国」の汚れ仕事に何度か駆り出されていた。危険な魔法少女をわざわざ封印している理由は「『魔法の国』にとって後々役に立つことがあるから」に他ならない。

魔法使いたちは呪文や術具、生贄《いけにえ》や術式を用いることで無数の魔法を使う。そのバリエーションは万能といってしまって構わないほどだ。ただし使用には前提や条件が多く、威力を上げるためには時間か触媒か、とにかく余計なコストをかけなくてはならない。一方魔法少女たちは、たった一つずつしか使える魔法を持たないが、殆《ほとん》どの場合それは非常に強力で、即時発動することができ、使い減りもしない。また魔法使いに比べ、遥かに頑健な肉体と優れた運動能力を備えている。だから「魔法の国」は魔法少女を活用するのだ。

フレデリカは記憶を掘り起こす。魔法で覗き見してきた他人の秘密の数々を。

プキンとソニアの封印を一時的に解除する際には、当局は常に慎重に慎重を期し、二人から逆らう手段を完全に奪った状態で使役《しえき》していた。単に監視役をつけるだけでなく、二重三重の安全装置を付けていた。爆弾付きのインカムを装着させたり、魔法で洗脳して操ったり、片方を人質としたり、一定時間後に解毒剤を打たねば魔法少女であっても死んでしまう魔法毒を注射したり、等々。

プキンは常々憤懣《ふんまん》を抱えていたはずだ。フレデリカも体験したが、封印中は泥濘《でいねい》の中で上下もわからずもがき続けることになる。応報刑とはいえ、それが永遠に続くのだ。枷《かせ》をつけられてこき使われ、仕事が終われば刑に戻される。それで不満を持たないわけがない。

今のプキンは一つの枷も無しで自由自在に動いている。いつ何時《なんどき》世界を危機に陥《おちい》らせるかわかったものではない。実際犠牲者はすでに出ていた。

「魔法の国」が安全装置無しでこの二人を外に出すだろうかと自問し、出すわけがないだろうと自答する。フレデリカは、今の自分が「魔法の国」の思惑の外、完全に計算外の存在として行動していることを確信している。

湯飲みからもう一口緑茶を啜《すす》った。薄口でチープな味が癖になりそうだ。

「なあフレデリカ」

「いかがいたしましたプキン将軍」

「皿が回ってこなくなったぞ」

「職人に直接注文することもできます。通訳は私がいたしましょう」

「君は実に有能だな！　この任務が終わり次第直臣《じきしん》として取り立ててやろう」

トットポップの髪はもらってある。プキンとソニアの髪は先ほど手に入れた。他にもトットポップの部下や通りすがりの一般人から幾本かの髪を入手していた。

フレデリカの魔法には髪の毛が必須だ。数があればそれだけオプションが増える。やれることに広がりと幅が出て、フレデリカ自身の強さに繋がる。

というのは建前だ。本音は髪の毛を収集したい。散逸《さんいつ》してしまったコレクションほどではないにしても、あれに少しでも近づけたいものだと思う。そのためには何者にも侵《おか》されることのない真なる自由が必要だ。まずはこの仕事を成功させねばならない。

フレデリカは懐紙《かいし》を開いて一本の髪を取り出し寿司屋の照明に透かした。トットポップの部下の中で一番美しい髪を持っていた子からもらった一本だ。三十センチほどしかない髪の毛が、実り豊かな秋の稲穂《いなほ》を思わせる黄金色《こがねいろ》に燦然《さんぜん》と輝き、その美しさに頬を緩ませ、もう一口お茶を啜った。

第四章　ヒーローかアイドルか

☆7753（残り時間二十二時間十二分）

リップルのダッフルコートにはフードがついていた。ただしコートの丈は足元全てを覆い隠すほど長くはないため、一本歯の下駄は隠せていない。

7753《ななこさん》のピーコートにはフードがない。帽子もないしマスクもない。帽子を購入したい旨《むね》を申し出たところ「そんな時間はない」と一蹴《いっしゅう》されたため、マスクだけコンビニで購入し、さらにリップルからマフラーを借りて頭部をぐるぐる巻きに覆った。これでゴーグルは外していないのだから立派な不審者だろう。

羽菜《はな》は長い耳までしっかりとフードの中に仕舞いこんでいた。元より耳の長さを計算に入れてコートをあつらえているのだろう。コートの丈も長く、特に露出している脚部をきちんと隠している。

マナはトレンチコートで、こちらにもフードはない。だがマナはマスクを使うこともなく、帽子を被ることもなく、首から上を全開にしていた。それでいいのだろうかと思ったが、一応相手はプロなのだから問題はないのだろう。

魔王パムのドレスコートにはなんとなく言語化できない違和感を覚えた。市販の吊るしにも見え、クチュールの高級品にも見え、自家製にさえ見える。ひょっとしたら後付けでコートを着たのではなく、そういうコスチュームだったのかもしれない。

一応はこれで全員コートを着て一般人のふりをしている。ただ一般人からどのように見えるのかは７７５３にはわからなかった。

この手の捜査について７７５３は素人以下だ。でかい口を叩いて協力をねじこんだとはいえ、上司が勝手にでっちあげた口上をそのまま口にしただけだ。疑問を感じたとしても口を出そうという気は毛頭なかった。

マナはクリームホワイトの軽自動車に乗りこみ魔法の端末をいじっていた。どうやら車を使って捜査をするらしい。この格好で歩かされずよかったと胸を撫で下ろしたが、あまり魔法少女らしくはない。

本来、魔法少女は車を使うよりよほど速く走ることができる。ただ昼間ということで目立つわけにもいかないのだろう。窓には軽自動車に似合わないスモークフィルムが貼ってあり、捜査車両という雰囲気はあった。

「もう少し大きなワゴン車を使っていたんですけどね。でも敵に襲われた時、置いてきてしまいまして」

運転席のドアを開け、狭苦しい車内を見せて申し訳なさそうにする羽菜に対し、マナはふん、と鼻を鳴らした。

「思い出しただけで忌々《いまいま》しい話をするな」

話をするな、と命じたくせにマナは襲われてからのことを話してくれた。

二人の魔法少女が、マナともう一人を乗せて逃げるワゴン車の後を追いかけてきた。追いつかれそうになったので、魔法で煙幕を張り、ワゴンの左右から脱出し、二手に分かれて逃げることで追手を撒《ま》こうとした。マナはなんとか逃げ出すことができたものの、羽菜と合流してからもう一人を探しにいくと、首の骨を折られた死体が路地裏の段ボールに覆われ隠してあった。抵抗した痕跡はまるでなく、逃げようとしたところで背後から首を蹴り折られたようだったという。

「くそったれ。三課から預かってた索敵の専門家があっさりと殺された」

目を潰されたようなものだというマナの言葉には無念が滲んでいた。仲間を殺され、外交部門が勝手に結界を張ったことで閉じこめられた。それでもマナは諦めてはいない。

「トコを探す。トコでなければ魔法少女でもいい。とにかくこちらから動く。結界には限度がある。術者にも術具にも土地の魔力にも限りがある。効果が切れてすぐに張り直すというわけにはいかない。結界の時間切れまで二十四時間……もう残りは二十二時間になるか。時間いっぱい使っても敵に逃げ切られたなんてことになれば……」

眉間に皺を深く刻み、眉を上げ、小鼻を膨らませ、顔のパーツ全てを用いて怒りを表現していた。奥歯を軋《きし》ませる音が聞こえてきそうだ。7753は目を逸らした。マナは深く息を吐き、続けた。

「……これ以上の不始末は絶対に許されん。他所《よそ》からの横槍《よこやり》まで入ってるなら尚更《なおさら》だ」

マナはそれきり黙りこみ、やはり申し訳なさそうに羽菜が後を継いだ。

「えーそれじゃ7753さんとリップルさん。まず最初に確認しときたいんですが」

「はい」

「お二人の魔法は目を使うもんですかね？　百発百中の手裏剣は見えてる物にしか当てられないのか、ステータス画面は見えてる相手のしか覗けないのかってことですが」

「私は見えない相手のは無理ですね」

7753はそういい、ちらとリップルを見た。リップルは軽く頷いた。

「なるほど。お二人とも見えていた方がいいってことですね……んじゃあこれくらいかな」

すっと視界が晴れた。なにが変わったのか咄嗟に掴めずまごついた。ゴーグルの透過性が上がったのかと外してみたが、そうではなかった。周囲の景色、遠くの風景、全てがはっきりと見える。魔法少女の視力は人間よりも優れているが、それ以上だ。リップルを見ると、彼女も7753と同じようにキョロキョロと周囲を見ていた。

「これが私の魔法なんです」

下克上《げこくじょう》羽菜の魔法は感覚を鋭くすることができる。視覚、聴覚、嗅覚、味覚、触覚、あらゆる感覚を高め、鋭敏にする。

「一度に全部っていうのもできますけど、あんまりやると混乱しちゃうんですよ。それに多人数へ魔法を使うとなると人数に比例して難易度が上がるもんで。なのでとりあえず見る方だけで。いかがなもんでしょ。もうちょい上げますか」

物が近づいてくるような錯覚を感じた。大気中の塵一つ一つまではっきりと認識している。空に流れる雲の形が手に取るようにわかる。遠景でしかなかった山に生えている木の種類まで確認できた。

「こんなもんです？　これ以上感度を上げるとちょっと問題出てくるかもですが」

「いやーすごい。これはすごいですよ」

「いえいえ大したことじゃ」

人間から魔法少女になれば全ての感覚は鋭くなるが、それとはまた違った、感動のような、発見のような、喜びがあった。

リップルはその場所にしゃがみ、立ち上がった時には右掌に二つの小石を乗せていた。片方の小石を空に投げ、あっという間に見えなくなると、続いてもう片方の小石を大きく振りかぶってから恐ろしい勢いで投擲《とうてき》し、ほどなくして上空で「カン」とぶつかる音が聞こえた。小石の破片がぱらぱらと落下し、羽菜と７７５３は驚きの声とともに拍手した。

「良いお手前で」

「……いえ」

「この魔法、作用するのが私を中心に半径三メートル以内なんです。なるだけ離れないようにしていてもらえば時間切れとかそういうのはありませんから」

車は羽菜が運転する。聴覚を鋭くし、なにか異常があればそれを察知するという索敵装置の役割も担っている。少女の姿で運転していて警察に咎《とが》められたりしないだろうかと質問すると免許証を見せてくれた。年齢は二十一歳で、顔写真は兎耳がないこと以外は羽菜そのものだ。

「うちの班長はこういうの作るのが得意ですから」

マナが偽造したらしい。魔法があれば現代のテクノロジーを大抵再現できる。

「で、後は手順と分担ですね」

マナは魔法の杖を使って目標の大まかな居場所を探す。杖の先が近場の魔法的存在がいる方角を指すということになっているらしいが、杖先が妙にふらつくせいで本当に大まかな方角しかわからない。それでもなにも無いよりはよほどいい。

７７５３は助手席から外を見る。杖は対象のいる方向を示すが、距離は教えてくれない。

すなわち、魔法のゴーグルによる目視を探索補助とする必要がある。敵は建物の中に潜《ひそ》んでいるかもしれないが、だからといってやらない理由にはならない。

見るべきパラメータには工夫が必要だ。変身を解除していたせいで見つけられませんでしたでは話にならない。「殺した魔法少女の数」という、普段見ることがない物騒な項目を最優先に設定し、走る窓から人を見つける度にゴーグルの照準を合わせていく。

リップルは護衛役だ。彼女の魔法は百発百中の手裏剣で、聞くだけではかなり強そうだ。「クラムベリーの子供達」であるという話にはショックを受けたが、7753の下に送られてくる魔法少女は大なり小なり問題児ではあった。そして問題児ほど強い。

羽菜は自分の戦闘能力を誇りはしなかったが、弱いわけもないだろう。そもそもこの仕事は、彼女とマナが捜査の中心だったのだから。実際、彼女の魔法は補助的とはいえ、その効果は驚くべきものだ。ただ、彼女の魔法には三メートルという距離の制約がある。そこには注意を払っておくべきだろう。

そしてもう一人。7753は窓の外に目をやった。空には月も星も見えない。全てが雲で覆われている。十一月という季節以上に、夜という時間帯以上に、窓の外は寒々しい。魔王パムは一人寒空の下で飛んでいる。彼女は高速での飛行が可能で、高空から下界を把握するだけの視力を持ち、空で襲われても迎撃できる力があり、こちらになにかあればすぐに駆けつける速力を持つ。要するになんでもできるということなのだろうか。

魔王パムが飛んでいく直前、上司から「魔王パムの戦闘能力を見ておくように」という無茶振り……もとい指令が入った。７７５３は恐る恐る魔王パムにお願いし、快《こころよ》く了承してもらったためゴーグル越しに戦闘能力を確認しようとすると即座に無数のハートマークが視界内を埋め尽くし、強烈な光が目を焼いてしばし悶えた。「どんなもんでしょうか～？」とのんびり尋ねる魔王パムに「素晴らしいです……」と返答するのがやっとだった。

今は、羽菜によって鋭敏になった７７５３の視覚でも捉えられない高空を飛んでいる。マナに疎まれているからか、上空から見下ろす方がやりやすいからか、どちらなのかはわからない。どちらでもあるのかもしれなかった。

この布陣は限りなく穴がないんじゃないだろうか、と少しだけ気持ちが大きくなった。いざ戦いになれば戦力になれる気はまるでしなかったが、要は役割分担だ。戦えないといっても全く役に立たないわけではない。とにかく可能な限り最上の仕事をしようと窓の外に目を配った。視界に入る人々に次々と照準を合わせ、ステータス画面が目まぐるしく変化する。だが魔法少女の動体視力なら問題なくこなせそうだった。

車は制限速度から十キロ落ちるくらいの速度で通りを進んだ。二車線で車の通りもけして多くはなかったため、渋滞の発生源にもならない。Ｔ字路に突き当たってからは左に曲がり、刈り取り後の茶色い田んぼという風景の中を進み、そこからさらに左に曲がって山道を行き貯水池の横を通って蛇行《だこう》する道を下りた。

いまいちどこをどう目指しているルートなのかわからない。

「これって……どこに行こうとしてるんですか？」

なんの気無しで口にした一言だったが、後部座席から「あん？」といういかにも不機嫌そうな声を返され7753は口を噤《つぐ》んだ。運転席の羽菜がとりなすように、

「杖に従って動いていると思っていただければよろしいかと。ふらふらしてるから頻繁《ひんぱん》に方向転換しなきゃならなくて、あんまり目的地を目指しているという感じはしませんが」

「ああ、そういう」

「やり方としちゃかなり原始的ですが、現状ではベストじゃないかな、と」

「もう集中力が切れたのか？」

後部座席からの声はさらに不機嫌さを増しているようで、7753は首を竦《すく》めた。後ろの席でマナの隣に座っているリップルに悪いことをしたと反省をする。機嫌が悪くて立場が上の人が近くにいるというのは大きなプレッシャーになる。

「集中力だって魔法少女の売りの一つだろうが。お前らがそういう部分で役に立たないでどうするんだ？　ああ？」

ああ、とうとう絡んできた。心の中で嘆息《たんそく》する。

「あ、ほら、コンビニですよ」

羽菜が前方を指差した。麓《ふもと》にコンビニが見える。田舎の常として駐車場がやたらと広

い。

「夜食買ってきましょうか？　そろそろ時間でしょ？」

「いや、いい。自分で行く。すぐ戻るから待ってろ」

駐車場に車を停めた。警戒は怠《おこた》らないようにといい残してマナは車から出て行った。

7753はほうっと息を吐いた。やっと一息つくことができた。

「すいません」

羽菜が手を合わせて頭を下げた。苦笑いしている。

「悪い人じゃないんですよ。誤解されやすいですけど」

マナのことをいっているのだと察し、7753は慌てて首を横に振った。

「いや、あの、別に」

あからさまな態度をとっていたかもしれない。コンビニを見つけたのも羽菜のフォローだったのだろう。気を遣わせてしまった。

「仕事熱心なんですよ。真面目で一本気で、正しいことをしていれば許されると思ってるようなところがあって。今回も横槍入れられて機嫌が……ってすいません横槍とか」

「あ、いえ。お気遣いなく」

実際、上司のやっていることは横槍以外の何物でもないとは思う。

「マナ班長は酔っ払うと地が出るんですけど、普段は本当にとっつきにくい人ですからねえ。いや、地が出た後は付き合いやすいというか可愛い人なんですが」

上役のことを話しているというより、妹のことを話しているようだった。兎の耳がフードの下で動いているのも、少しだけ苦い笑顔も、7753には楽しそうに見えた。

「ただ普段はちょっと口が悪いんで……7753さんもリップルさんもすいません」

「別に、そんな、大丈夫ですから」

「本当にねえ。悪い人ではないんですよ。魔法少女のことをあれだけ考えてくれてる人っていうのは他にいませんし」

「魔法少女のことを……考えてくれてる？」

「ですねえ」

今まで感じてきた違和感が溶けていく。考えてみれば魔法少女に夜食は必要ない。容姿服装ともに魔法少女的ではなかったのにも納得がいく。魔法少女全体に対しての発言は、まるで自分が魔法少女ではないかのようでもあった。

「マナさんって魔法少女じゃないんですね」

「ええ、魔法少女じゃなくて所謂《いわゆる》魔法使いってやつですね……って気づいてなかったんですか？」

驚きの声と表情で返され、恥ずかしくなった。きちんと注意していれば、いわれるまでもなく気づいていたのだろう。今日は朝から予想外の連続で思考能力が働いていなかったのかもしれない。心の中で言い訳をした。

「すいません、恥ずかしながら……」

「だって7753さんの魔法なら見ればわかるでしょ?」

「いや、あの。なるだけ必要ない時は使わないように心がけてるといいますか。研修生以外を勝手に見たら失礼かなとか、見る時はなるべく許可をとか、そういう……すいません」

羽菜は驚いた顔からあきれた顔に、あきれた顔から嬉しそうな顔にと表情を変え、最後に笑った。

「7753さんも良い人ですね」

「いや、良い人なんかじゃないんです」

怒られるのが嫌でこうしているだけだ。ただの小心者であることは本人が誰より知っている。良い人というのなら、なにかとフォローを入れてくれる羽菜の方がよほど良い人だろう。

「それとですね。その7753さんというやつはちょっとなあと」

「ダメですか?」

「だって変じゃないですか、ななこさんさんって。7753でいいですよ。そう呼んでいただければ、ありがたいです」

「それじゃなんだか呼び捨てにしてるみたいで」

「いいですよ呼び捨てでも」

「いや、でも」

「いやいや」

「いやいやいやいや」

後部座席からクスリと笑う声が聞こえ、7753と羽菜は後ろの座席に目をやった。リップルが俯《うつむ》きながら「失礼しました」と呟いた。彼女の頬は僅《わず》かに赤らんでいた。

☆繰々姫《くるくるひめ》（残り時間二十時間五分）

午後八時近く。一度生徒達と別れていた希《のぞみ》は、住所を教えられていたアパートへとやってきた。皆が集まっているはずの二〇四号室にはトコ一人しかいなかった。テーブル上にコースターを敷いてちょこんと座っている。

「みんなは？」

「外で跳んだり跳ねたりしてるみたいだよ。力を手に入れたばかりの人間は使ってみたくて仕方ないからね。ちょっと身体を動かすだけでも嬉しいんだ」

可愛らしい妖精の顔に皮肉っぽい笑顔が浮かんだ。

「みんな子供だから仕方ないね。魔法少女になるのは大抵頭の足りてない子供だもの。大人で魔法少女になるっていう人は珍しいんだけど……」

　上目づかいで希を見た。

「レアだね」

「私のこと？」

「魔法少女になるということを受け入れられる心づもりがあったってことだよ」

「あまりそういう自覚はなかったんだけど」

「自覚だけで生きてるわけじゃないもの」

　トコはそれきり口を噤んで窓の外をじっと見ていた。トコからは、大人のくせに子供に混じって遊んでいる、と馬鹿にされた気がした。八つ当たりかもしれないが、事実でもあると希は思った。誰よりも、希よりも、トコの表情は大人びていた。

「ねえトコ」

「なに？」

「悪い魔法使いって具体的にどんな悪いことをするの？」

「どうだっていいでしょ。童話でもティーン向けノベルでもコミックでもなんでも参考にすればいいよ。要するにあんなことをしているの」

　振り向きもせずそんなことをいう。いい加減で投げやりなあしらい方は、やはり「大人」だ。希は荷物をソファーの上に置いて部屋の外に出た。

希が学校に戻る前よりもトコの機嫌は良くなったようだ。機嫌が良くなったというよりは、時間の経過により落ち着いてきただけかもしれない。

◇◇◇

最初の戦闘を終え、敵を撃退した新米魔法少女達は、人目を避けつつ学校の理科準備室へ戻ってきた。

トコは敵を全滅できなかったことに対して怒り続けていたが、生徒達はそれに怯《ひる》むことなく現状をどうすべきかを話し合った。自分の主張に耳を傾けない魔法少女達の姿はトコの怒りにガソリンを注ぎ、ぎゃあぎゃあと怒鳴ってからどこかに飛んでいき、しばらくして屋上からトコのものらしい怒声が聞こえた。激しい声の中に忌々しさをきっちりと込めていて、妖精というよりその筋の人を思わせた。

それからすぐに戻ってきたトコは、怒ってこそいなかったがひどく不機嫌になっていた。

トコは協力者から連絡を受けたと話し、内容について語った。二十四時間に渡りB市全域を囲む球状の結界が張られた。悪い魔法使いは結界を張るくらいいとも容易《たやす》くやってのける。これによって行動が制限されることになってしまった。

「さっさと全滅させちゃえばよかったのにさ」

トコは不機嫌さを隠そうともせず、希は暗澹《あんたん》としたが、キャプテン・グレースは「どうせ次は相手を倒すんだから関係ないじゃない」と自信ありげで、ウェディンは「腰を落ち着けてしっかり作戦を立てましょう」と嬉しそうで、レイン・ポゥは「つまり相手も二十四時間は逃げられないってことですよ」とポジティブで、ポスタリィまで「私の魔法を使えば敵を追いかけることができます」と前向きな発言をした。希……魔法少女「繰々姫《くるくるひめ》」は、一人打ち沈んでいたファニートリックの肩を叩いて慰めてやった。常識というやつは持っていれば助かるというものではない。

トコを含めた全員でこれからどうするかを相談した。

「もうすぐ夜だけど、みんなで一箇所に集まっていたほうがいいよね」

「魔法の練習でも相談でもすればいいけど見張りは立ててね。敵がこっちを探してるってことは絶対に忘れないで」

「大声でもなんでもいいから敵に襲われた人はとにかく騒ぐことね」

「変身したままでいた方がいいんでしょうか？」

「敵に襲われた時を考えればそっちの方がいいわね」

「あーそうだね。でも変身したままだと敵に見つかりやすくなるかもしれない」

「じゃあ変身解いたままのがいいですね」

「あたしだけ変身したままじゃダメ?」

「海ちゃん、我儘いうのやめようよ」

魔法少女部隊の拠点はキャプテン・グレースが提供してくれることになった。市の外れにある、今は誰も住んでないという古いアパートだ。なんでもお祖父さんから譲り受けたものらしい。

みんなでそこに赴《おもむ》き、まず自分達の魔法と力を把握する。情報はお互いに交換する。行動を起こすにしてもそれから。そして家にはきちんと連絡を入れる。希は一旦別行動とし、学校で残務処理してから再合流する。ということが決められた。

生徒たちと別れた希は、数年前に母が倒れた時のことを思い出していた。

あの時、希は職を辞して母の介護についた。母を施設にはあずけないという父の方針に否はなかった。訪問介護を頼むにしても常時というわけにはいかない。父と希のどちらかが仕事を辞めなければならなかった。給与の多寡《たか》を比べれば役所で働いていた父の方が多く、家事や介護にしても、父に一から覚えてもらうよりは希がやった方がいい。

選択を後悔しているわけではない。ただ、もし母が倒れていなければ、と考え、そんなことを考える自分が嫌になることがある。この人と結婚するのかなと自分の年齢から逆算していた相手もいたが、母が倒れてから会う機会が減り、やがて別れを切り出された。

父はまだ元気でいるが、口数が往時より少なくなった。もし父が倒れでもすれば、今度は希が一人で介護をしなければならない。母の時は自宅で介護したのに、父だけは施設に任せるというわけにはいかない。母に恩義を感じているのと同様に、ここまで育ててもらってありがたいという気持ちを父にも抱いている。

魔法少女になった今の状況は、母が倒れた時に似ていた。時間は有限で、限りある時間に私用で手をつけなくてはならなくなってしまったため、本業が立ち行かなくなってしまう。母の介護については父と相談し、協力した。魔法少女活動はまさか父に協力を願うわけにはいかない。トコのいう「世界の危機」が迫っていても、希は一人で学校に戻って教科会議に顔を出さねばならないのだ。

◇◇◇

アパートの屋上に顔を出すと、生徒達が全員集まっており、魔法について試したり意見を出し合ったりしていた。それなりに進んでいるようだ。奇抜な服装の美少女が徒党を組んでたむろしている異常な光景にも慣れてしまった。希も混ぜてもらうことにした。一人入るだけのスペースを空けてもらい、そこに座ってふと気がついた。

「変身は解除しておくって話じゃなかったかしら？」

全員が変身したままで座っている。

「ああ、それは色々ありまして」

「色々ってなにが？」

「一名変身前だと不自由がありまして」

「不自由？」

「メイがそう」

踊り子風の少女が手を挙げ、その場から掻き消えた。

キャプテン・グレースに袖を引かれて視線を下げると、テプセケメイのいた場所になにかがある。いや、「ある」のではない。そこに「いる」のだ。

「ほら、先生。あれ」

「ん？」

見たことがある生き物だ。確か理科準備室で飼育している陸ガメ……と思う間もなく陸ガメは消え、テプセケメイが再びそこにいた。

「テプセケメイが変身前だと会話もできないし知能にも差し障りがあるってことで……ならいっそ全員変身したままでいいんじゃないかって海ちゃんが」

そう説明してくれたファニートリックの表情は、現状に必死でついていこうとしている者のそれだった。希は眉間に指を当て二度三度と揉みほぐした。魔法という物理や常識を超越した存在を知った今、この程度で驚いていては前に進むこともできないが、変身前と後の人数の違いに気がついていなかったのは迂闊《うかつ》だった。ともあれ、今となってはテプセケメイも立派な仲間だ。大袈裟な驚き方を見せて傷つきでもしては可哀想だろう。

「ええと……それじゃ先を続けましょうか。今どこまで話進んでるの？」

「各人の魔法について話してたところです」

「そうね。じゃあ私にも教えてもらえれば」

「簡単なメモを作っておきましたのでそちらをご覧いただければ」

・ウェディン……（二年D組・結屋美祢《むすびやみね》）約束を強制する。身体能力は高くない。
・キャプテン・グレース……（二年C組・芝原海《しばはらうみ》）海賊船を出す。道具類の持ち出し可。力も素早さも優秀。
・テプセケメイ（エジプト陸ガメのメイ）……空気と同化する。腕力はいまいちだが非常に素早い。飛行可能。
・ファニートリック（二年C組・根村佳代《ねむらかよ》）……隠した物同士の位置を入れ替える。身体能力は高い。
・ポスタリィ（一年B組・酒己達子《さかきたつこ》）……物に翼を生やして持ち主の元まで飛ばせる。身体能力は低い。
・レイン・ポゥ（一年B組・三香織《にのつぎかおり》）……虹の橋を作る。身体能力はまずまず。

・繰々姫（国語教師・姫野《ひめの》希）……？

こういうところが学級委員になる所以《ゆえん》なのだろう。頼りになる生徒がいると教師は楽ができる。希は空欄になっている自分の魔法を皆に教えるべく、繰々姫に変身した。

「リボンを操る」繰々姫の魔法は、移動の補助としてタイミングよく使用すれば、ビルとビルの間を跳んだりする時に役立つ。跳躍し、空中でリボンを伸ばす。ビルの縁なり金網なりをリボンで掴み、一気に引く。こうすることで跳躍の飛距離を伸ばし、時間の短縮も可能にする。リボンは敵を拘束するのにも使えるだろう。全身を飾るリボンを解き、魔法少女「ウェディン」に変身した結屋美祢をぐるぐる巻きにしてみた。ウェディンは、ぐっ、ぐっ、と腕に力を込めているようだが、身じろぎ以上にならない。魔法少女の腕力は並外れているが、リボンはその腕力に耐えられる耐久力を持っているのだ。ウェディンは「なるほど、これは動けませんね」と、冷静な口調で述べた。

「いやらしいゲームか漫画で使えそうな魔法ですね」

「なんで未成年のあなたがそんなこと知ってるの」

「一般常識です」

「そんな一般常識はありません」

もっと真面目な子だと思っていた。魔法少女同士としての親しみなのか、敬語こそ使っ

ているものの大変に気安い。希の教師としての威厳は崩れ、消え去った。元々威厳なんてあったのか怪しいものだということはこの際置いておく。

ウェディンは「約束に強制力を持たせる」魔法を使う。どんなに軽い口約束であっても彼女と約束すれば、それを守らなければならない。「あなたのことを叩いたりしません」と約束してから、ウェディンの頬を張ってやろうと手を振りかぶると、腕がしびれてそこで動かなくなってしまった。

「怖い魔法ね……」

「結婚の恐ろしさを象徴していますね」

「なんで未成年のあなたがそんなことをいうの」

「一般常識です」

「そんな一般常識捨ててしまいなさい」

わいわいと喋っていると、屋上の縁に腰掛けていたキャプテン・グレースが不意に切り出した。

「魔法少女になるなら名前に統一性が欲しかったなって思わない？　フルーツとか色とか火水土風とか、そういう統一性があると『仲間』って感じがしない？」

ウェディン、キャプテン・グレース、ファニートリック、ポスタリィ、テプセケメイ。統一感どころか、一人一人が別作品の登場人物のように名前も格好もバラバラだ。特に繰々姫は、一人だけ漢字を使っていて浮き方が酷い。

リボンでいっぱいに飾りつけた見た目の可愛らしさと名前にギャップを感じる。希が自分で名前をつけていたら、生徒達の目を気にしながらも、もっとファンシーな名前にしていただろう。

トコに「なぜこんな名前になったのか?」と問い質《ただ》すと、「インスピレーションが舞い降りた」と胸を張って答えられた。自信満々な笑顔を浮かべた掌サイズの妖精を相手にそれ以上責める気にもなれず「せめて名前を変えることはできないのか」と訊ねると「上層部にコネが必要になる」という夢もなにもあったものじゃない返答をもらった。

ウェディンは肩を竦《すく》め、皮肉っぽく唇の端を歪めた。

「いいんじゃないですかね、統一感がなかろうとも。寄せ集めの混成部隊というのは間違いのない事実だと思いますし」

レイン・ポゥがすかさず反論する。

「そんなことないですよ。みんな同じ学校に通う仲間じゃないですか」

「いえ、仲間とか信頼とかではなしにですね」

ウェディンは軽く頷いた。

「やっぱり必要ありませんよ。統一性は」

「でもさ、魔法少女ってそういうの必要じゃない?」

繰々姫には、グレースのいうことは間違っていないように思えた。長寿テレビアニメ『スタークィーン』シリーズは星座の名前で統一され、各人はその星座をモチーフとした必殺技を使用する。『キューティーヒーラー』シリーズはシリーズごとに新しい魔法少女が出てきて、シリーズごとにモチーフが変化する。魔法少女が集団として集まったのなら名前に統一性が欲しいという気持ちはわかる。

ウェディンは眉間に中指を当て、「おっと」という表情で指を外した。恐らくは眼鏡のないことを忘れて眼鏡の位置を整えようとしてしまったのだろう。

「そもそも我々は魔法少女なのでしょうか？」

「は？　そりゃ魔法少女でしょ。トコがそういってたじゃない」

「正確には魔法少女ではないと思います」

現代日本に生きる少女――一名と一匹違うのも混ざっていたが――が、「魔法の国」からやってきた妖精によって不思議な力と可愛らしい衣装、容姿を手に入れた。しかも魔法少女という呼称を妖精自身が用いている。これで魔法少女ではない理由がない。

ファニートリックが顎先に指を当てた。

「それが良いかどうかはともかく……魔法少女だと思うんだけど」

「トコからの説明もありましたし、私も個人的に様々な実験をしてみました。やはり身体能力が格段に強化されています。これは魔法少女というよりも戦闘美少女、バトルヒロインの特徴ではないでしょうか」

繰々姫は「うん？」と首を傾げた。

「戦闘美少女系魔法少女じゃないの？」

「それは別物でしょう」

「でも魔法の力を授かったわけだから」

「力の源はこの際関係ありません。忍術だろうと、科学の力だろうと、魔法少女の枠に収まっている作品はあります」

「だってスタークィーンもキューティーヒーラーも魔法少女よね」

「違います。スタークィーンもキューティーヒーラーも戦闘美少女であって魔法少女ではありません」

ウェディンは語った。魔法少女というキャラクタータイプはそもそも日常に魔法を持ちこむということがメインであり、敵も味方も魔法やそれに近い能力を持っている戦闘美少女物とは明確に区別されるべきであると。

「魔法少女がそういった別ジャンルのものまで内包しているとするのは魔法少女ファンの傲慢でしかありません」

指が赤味を帯びるまで拳を強く握り、熱を入れて話す様は、普段学級委員を務める結屋美祢のクールなイメージとは程遠い。ウェディンのヴェールを飾る蝋燭の炎が高くなった。

あの蝋燭は本人の精神状態と連動でもしているのだろうか。

「戦闘行為に関わるネームドキャラクターの人数が登場人物の大半を占める中で他の人に正体を知られてはならないただの魔法を秘密としてただのそういったルールはあってなきが如《ごと》しですよ。魔法学校に通う主人公のクラスメイトの女の子は魔法少女ですか？　人間世界に憧れて冒険者になるため森から出てきたエルフの女の子は魔法少女ですか？　違いますよね。彼女達は魔法少女ではない。同様に戦闘美少女も魔法少女ではないのです」

「えっと……でもさ、魔法が日常になっているファンタジー物でも魔法少女がモチーフになっているキャラクターが出てきたりするよね？」

押されながらもファニートリックは反論を試みる。が、ウェディンは一蹴した。

「それは魔法少女をモチーフとしたキャラクターというだけです。実在の人物……たとえば織田信長《おだのぶなが》をモデルとしたキャラクターが全部織田信長になるわけではありません」

キャプテン・グレースは下唇を突き出した。見るからに不満そうだ。放っておくと面倒になることが容易に予想できたため、繰々姫はフォローを試みた。

「タイトルに『魔法少女』とある作品もあるでしょう？」

「いえ先生。それは魔法少女をモチーフにしているだけで魔法少女物ではありません」

ウェディンはこほんと咳払いをして「そもそも」と続けた。

「キューティーヒーラーやスタークィーンのように名前に統一感をといいましたが、その

『名前の統一感』というスタイルは魔法少女ではなく戦隊ヒーロー派生です。両シリーズが魔法少女の系譜ではなく戦隊ヒーロー、つまりは戦闘美少女の血脈を継いでいることがここからもわかるでしょう」

「オタクの屁理屈」

切りつけるようなキャプテン・グレースの一言は、ワンフレーズでウェディンの理論全てをぶん殴っていた。グレースはウェディンを睨み、ウェディンは僅かに怯んだ様子を見せながらも、きっと睨み返した。ファニートリックがグレースの袖を引いたが払いのけられ、レイン・ポゥは軽く眉を顰《ひそ》め、ポスタリィは気の毒なくらいおろおろとしている。

繰々姫はパンパンと掌を合わせて立ち上がった。

「さ、無駄話はこれくらいで終わりね。それじゃ次は連携の練習に入りましょう」

険悪な空気を吹き飛ばす、までには至らない。それでも次にすべきことを提示すれば気持ちの向かい方は変わるはずだ。

「ちょっと待ってください」

ウェディンが手を挙げた。

「それより先に決めておかなければならないことがあるでしょう」

「……なにかあったっけ？」

ウェディンはロングスカートの裾が舞い上がる勢いで立ち上がり、両手を広げた。

「リーダーを決めなければならないのですよ！」

誰がリーダーになるべきかという議題は、キャプテン・グレースとウェディンの不毛な討論の末、多数決で決めるということになり、一票差でウェディンがリーダーになった。

「なにかあればリーダーの決定に従うように」というウェディンの指示は、それが魔法の一部だと誰も思わなかったせいでリアクションはなく、同じ指示を三度口にしたことでようやく皆ウェディンのいわんとしていることに気がつき、ある者は不承不承、ある者は嫌そうに、ある者はお愛想で、ある者は全くの無表情で頷いた。

とりあえずはこれで落ち着いたか。そう思った矢先、肩をつつかれた。振り返るとテプセケメイがあぐらの姿勢でふわふわと浮遊していた。

「結局メイはなんなんだろう？」

なにをどう質問されたのか意味がわからず、かといって意味がわかりませんと返すこともできなかった。繰々姫は「自分を強く持つことですよ」とだけ答えておいた。

☆キャプテン・グレース（残り時間十八時間五十三分）

キャプテン・グレースこと芝原海は、秘密基地を一つ持っている。

秘密基地というフレーズは実に海賊らしい。しかし実態はあまり海賊らしくない。宝島でもないし、海底洞窟でもない。B市内の外れ、昔はドヤ街だったあたりに建っているアパートだ。築年数を数える者が絶えて久しいくらいに古く、住んでいる住人もいない。場所も不便で建て替えても人が新しく入るかわからない。潰して駐車場にするのも同様だ。というわけでどうしてみようもない状態で祖父が持っていたのを、海が「秘密の隠れ家が欲しい！」とねだって譲ってもらった。法的な所有権も海にある。

ずっと前から少しずつ家具や家財を持ちこんで住みやすくしていた。鍵もあるし、ガス水道も通っている。見た目はボロでも立派な家として通用すると海は思っている。魔法少女のアジトとしては少々物足りないが、それは仕方ない。

一通りの相談とお互いの魔法の披露を終え、一時間の休憩時間を入れることにした。グレースとファニートリックはマホガニーのテーブルを挟んで向かい合っている。テーブルの上にはコーヒーカップとソーサーが二組あった。これはキャプテン・グレースの魔法「猛スピードで水上を進む魔法の海賊船」から持ち出してきた備品だ。船はそれなりに大きいため出すべき場所を選ぶ。生徒たちが下校した後の学校のグラウンドで船を出し、使えそうな物を片端から出して船は消した。船の備品は全て魔法の品で、魔法少女の馬鹿力で扱っても壊れたりしない。

不安そうな顔のファニートリックが「あのさ」と声をかけてきた。

「なに？」

「さっきみたいなのやめようよ」

「さっきみたいなのって？」

「ウェディンと喧嘩してたでしょ」

「あんなの」

ふん、と鼻を鳴らした。佳代は小学生の頃からこうだった。熱くなりやすい海を宥《なだ》め、抑えてくれるポジションだった。相棒に相応しい個性ではあるが、時として弱気が過ぎる。海ほどではないにしても、もう少し気が強くてもいい。

「ちょっと強くなったからって調子こいてるだけでしょ。リーダーがどうこういってたけど、あんなの正式でもなんでもないから。馬鹿みたいに得意がってさ」

「もうちょっとこう仲良くした方が」

「一度がつんといってやらないといけないかもしれないわね」

「だからそういうのはやめようって」

キャプテン・グレースは熱いミルクをぐっと飲み干し、カップをテーブルへぶつけるようにがつんと置いた。魔法少女用のカップがこの程度の衝撃で壊れるわけがない、という予測は正しかったが、マホガニーのテーブルにカップの底と同じ形のへこみが刻まれてしまった。グレースは小声で毒づき、今度はゆっくりカップを下ろした。

「佳代はあたしがしてることに文句あんの？」

「そういうことじゃないけど……」

佳代が弱気でも、海が前に進めばついてきてくれる。だからこそ相棒だ。小学校の図書室で一緒に冒険物語を読んだ時から変わっていない。

「だったら今度も、黙ってあたしについてくればいいのよ。後悔はさせないし損もさせない」

☆ポスタリィ（残り時間十八時間四十分）

達子の隣には香織がいる。香織と、もう一人。ウェディングドレスの魔法少女。

アパートの屋上で三人は車座に座っていた。

「まあ見てください」

手渡された大学ノートの表紙には「1」とあった。広げてみると細々《こまごま》とした字が整然と並んでいる。身体能力の強化、夜目、感覚の鋭敏化、排泄不要、食事不要、睡眠不要、異常なタフネス、変身すれば美少女、といった魔法少女の特性。なるだけ一般人に姿を見られないように、正体は誰にも教えてはならない、トコの言いつけはきちんと守る、といった魔法少女のルール。そういったものがかなり細々と具体的な数字も一緒に記されている。字は上手い。そして神経質そうだ。一字の例外もなく右上がりの傾向があった。

「これだけのメリットがあるわけですよ」

ポスタリィはノートから顔を上げてウェディンを見た。花嫁衣裳という問答無用の幸福を基調にしたコスチュームに反し、語り口もやっていることもなんだか理屈っぽい。彼女の「約束に強制力を持たせる」という魔法も理屈っぽかった。

「トコは約束してくれました。一人前の魔法少女になってくれれば、あなた達はずっと魔法少女として生きていけると。これだけのメリットがあれば、実生活でもかなりなプラスです。そうそう、それと全員集合時の決めポーズを考えようと思うんです。なにか案はありませんか？　魔法少女的かどうかは微妙なところですが、全部で七人もいるわけですから数を使って集団での美しさを出すというのもありではないかと」

「なるほど」

レイン・ポゥは「ですよね」「そう思います」といった相槌を繰り返してウェディンを宥め、別れた後に小さなため息を一つだけ吐いた。


「それで……」

ウェディンと別れた後、レイン・ポゥとポスタリィはアパート前の道路で、ふわふわと浮いていたセプテケメイを捕まえた。アラビアかどこかの踊り子風衣装をまとった少女は、気体の時のまま半透明で、身体の後ろにアパートが透けて見えていた。

「レイン・ポゥとポスタリィはメイの魔法について知りたい」

「うん。教えてほしいんだよ」

テプセケメイは露出度なら全魔法少女の中でもトップといっていい。「可愛い」や「格好いい」といった魔法少女に対し、彼女の第一印象は「エロい」であると、ポスタリィは思っていた。

そして愛想の無さでも全魔法少女のダントツトップだろうと思う。笑わない以前に表情を変えることがない。怒りもしなければ悲しみもせず、内面を外に出さない。若い女性が集まれば姸《けん》を競うのが世の常だ。そんな中でもテプセケメイは愛想がなく、物言いがぶっきらぼうで、態度は無造作、面白そうでもつまらなそうでもない。

こうした態度の女性ははみ出してしまうことが多い。はみ出し者暦十余年のポスタリィには痛いほどわかる。出自が人間でないというなら尚更で、テプセケメイはポスタリィから見ても少し浮いていた。物理的な意味だけでなく。

「メイは魔法少女になって気がついた」

風が吹き、テプセケメイの姿が揺れた。

「メイがメイだということだ。自分が自分であるということではない。メイはメイだった」

隣のレイン・ポゥの表情を窺った。笑顔を浮かべてはいるが、頭の中ではポスタリィ同様、きっと疑問符が明滅している。

「えと、どういうことかな？」

「メイは一生涯這い上がることのできない地獄の底にいた。そこが地獄の底で苦痛しかないことにさえ気がつかなかった。気がつくというのはそういうことだ」

テプセケメイは再び気体に姿を変えると、錆だらけの柱に寄りかかって、雨に濡れボロボロに朽ちかけていたダンボールに纏わりついた。パン、という軽い音が弾け、同時にダンボールがズタズタに切り裂かれて飛び散った。

「気がつけばこういうこともできるようになる。あまり丈夫な物は壊せないけど」

樋《とい》の中に入りこんで内側から破裂させた。

「伝言くらいはできる」

五人のテプセケメイに分身し、そこからさらに十人になった。

「相手を驚かせるのに使う」

十人のテプセケメイが融合し、一人の巨大なテプセケメイとなった。

「元に戻るのはすぐ」

自分の頭に人差し指を突き刺し、空気が抜けるような音とともに元の大きさへ戻った。

「空気をぶつけるのは好き」

腕を五倍に引き伸ばして壊れた樋を手に取り、それを中空へ投げた。

手を銃の形にして「バン」と擬音を口にすると中空の樋が弾け飛んだ。

「メイを叩いてみて」

いわれたレイン・ポゥは「え？　私？」と自分を指差した。

「叩いてみて」

「いや、いきなりそんなことをいわれても」

「いいから」

「だってねえ」

レイン・ポゥは後頭部に右手を当て、いかにも困っていそうな弱々しい笑顔を隣のポスタリィに向け、そこからいきなりテプセケメイに踏みこんで左の拳を叩きつけた。突然の行為にポスタリィが驚くよりも早く、殴られたテプセケメイの形が不定形生物のように変化し、レイン・ポゥの腕に絡みつき、テプセケメイの形を取り戻した時には右肘と右肩を極《き》める形で半身に取りついていた。テプセケメイはレイン・ポゥを倒し、押さえつけた。

テプセケメイは技を外してレイン・ポゥの手をとり起き上がらせた。ポスタリィは驚きの声とともに両手を打ち鳴らし、起き上がったレイン・ポゥもそれに続いた。

「すごい！　これすごいよ！」

「最後のなんてなにされたかわかんなかった！」

レイン・ポゥとポスタリィは二人で盛り上がり、「ホントすごいね」とテプセケメイに向き直ってぎょっとした。テプセケメイは表情のないままでこちらを見ていた。

「お前達はこれからなにが起きると思うか」

レイン・ポゥが助けを求めるようにポスタリィを見た。ポスタリィは小さく首を横に振って見返した。テプセケメイがなにをいおうとしているのかわからない。

「お前達は気がついていないのか?」

「ええと……なにが?」

「素晴らしいものを得た。手放したくはない。だから戦う。そのために全てを用いる。根にあるのは命。メイがメイであるということ。メイがメイであるということを守るためには死ぬわけにはいかない。死ぬのはとても怖いことだった。メイは知らなかった。でもお前達は知っているはずだ。そうだな?」

「はあ。まあそうですね」

テプセケメイは胡坐で宙に浮いた。その目はどこを見ているのかわからない。そもそも焦点が合っていないようだ。瞬きはしているし瞳も動いているのに物を見ている感じがまるでない。表情も目も作り物のようだった。

「どうしてだろう。考えるということはとても難しい」

ふわふわと宙を漂い、風に乗って山のほうへ流れていった。レイン・ポゥとポスタリィは呼び止めることもできずに見送った。果たしてこれは種族の差ということで片付けていいものなのかどうか、ポスタリィにはわからなかった。

☆ウェディン（残り時間十八時間二十二分）

情報収集は満足できるレベルまで進んだと考えていいだろう。ウェディンはペンを置き、ノートを読み返した。この情報は、戦闘時の連携に役立つはずだ。

問題は情報の共有化だ。繰々姫は元が先生なだけあって覚えがいい。レイン・ポゥも飲みこみが早く、ポスタリィのフォローまでやってくれている。

問題は残り三名だ。キャプテン・グレースは細かいことを考えようとしない。ファニートリックはキャプテン・グレースと常に一緒にいるせいで、ろくに話し合うことができない。そしてテプセケメイは暖簾に腕押しで聞いてくれているのかわからない。

「ファニートリックの魔法は『隠した物の交換』で、キャプテン・グレースの魔法が『猛スピードで進む船』です。グレースの魔法については、船を使うというより備品を使うといった方が、少なくとも地上においては正しいですけど」

「わかった」

「では、あなたの魔法は？」

「空気を食べる」

「……ちょっと違うけどよしとしましょう。それではファニートリックの魔法は？」

「ファニートリックって誰？」

「オーケイ、もう一度最初から」

知的レベルが低いと見做《みな》した相手に用いる罵《ののし》り言葉として、「猿並」というものがある。しかしその猿でさえ、テプセケメイの変身前からすれば越えられない壁の向こう側で生きる高等動物だ。

本人に覚える気がないわけではない。とにかく覚えることができない。なにもかも覚えられないというわけではない。覚えられる物と覚えられない物がある。

「ウェディンはリーダー」

「そうですね」

「なぜリーダー？」

「民主主義によって決定されたからです」

「ウェディンは弱いのに」

「……そういうのは思ってもいわないでください。だいたい他人の名前覚えられない人がなんで私の名前だけしっかり覚えてるんですか」

「ウェディンだから？」

ウェディンは頭を抱えた。学級委員として――もちろん先生の心証《しんしょう》稼ぎだ――成績の芳《かんば》しくないクラスメイトに勉強を教えてあげたことはある。しかし相手は人間で、そもそも学校は私立であるため入学できるだけの学力は備えていた。

今相手にしているのは昨日までただの亀だった存在だ。何度か餌をやったことがある。可愛いと思ったこともある。しかし対等の相手だと思ったことはない。

——だって亀だもの。

いったいどうやって学習させればいいのか。

さすがに亀でいた頃よりは頭が良くなっている。人語を解して意思の疎通ができるというだけでも亀のレベルではない。頭の出来はともかく、本人に学習するという習慣がまるでないことが問題だ。

グレースと違い、本人にも学習意欲がないわけではないだけにどうにかしてやりたくはある。彼女の魔法は仲間内でも特に汎用性が高く、援護にしろ遊撃にしろ突撃にしろ、他の者との連携ができれば大きな戦力になる。

ちらと顔を上げると獣が牙をむくような恐ろしげな表情でウェディンを睨みつけていた。

ウェディンは慌てて後ずさり、ヴェールの裾を踏んで尻餅をついた。

「な、なんですか。不満があるなら言葉に出してもらえますか」

テプセケメイは歯をむいたまま首を傾げた。

「メイは笑ってる？」

「そんな笑顔ありませんよ！」

「どうしたら笑ってる？」

笑い方がわからないのだろうか。そういえば亀は顔の筋肉で感情表現をすることはない。海ガメが産卵時に涙を流すといわれている現象は、塩分排出のためであって、悲しいからでも苦しいからでもない。

「ええとですね、まず頬を上げて」

「こう？」

「いや、それじゃ怖いですから。そうじゃなくてこう頬をですね」

「こう？」

「ああもうまだるっこしい。直接動かしてあげるからそれ覚えてください」

テプセケメイの顔に触れ、眉を動かし、頬を動かす。頬に指先が触れると柔らかさにぎょっとした。魔法少女の肌はきめ細やかですべすべしている。

「くすぐったい」

「我慢してください」

なんとか笑顔と思われる形を作ることができた。ウェディンは半歩離れ、様々に角度を変えてテプセケメイの顔を見た。多少硬くはあるものの、笑顔といっていいだろう。

「ではこの形を覚えてですね」

ウェディンの指導が終わる前にテプセケメイの表情が元の無表情に戻った。テプセケメイは上空を見上げ、「来た」と一言呟き、ひゅんと消えた。

空に上るテプセケメイと入れ替わりに、とん、とアパートの屋上に降り立った者がいた。刀を背負い、襟巻を靡《なび》かせ、片目は大きな傷で塞がれていた。手裏剣型の髪《かみ》留《ど》めと鎖帷子《くさりかたびら》にも似た衣装は、彼女が忍者をモチーフとしていることを示していた。

第五章　対決

☆魔王パム（残り時間十八時間十四分）

敵は油断をしていた。一度追っ手を撃退し、気が大きくなっていたのだろうか。数の多さから戦力でも勝っていると判断しているのだろうか。魔王パムが最も嫌いなタイプだ。楽な戦いに思えても全力を尽くす。絶対に勝てる戦いなどどこにも存在しない。

マナの杖を頼りに自動車は進み、その上で周囲を見張っていた魔王パムが敵の姿を捉えた。古いアパートの屋上で数人の魔法少女らしき人影が話し合っていた。

戦場では先に相手を見つけた方が優位を勝ち取る。

魔王パムはすぐに本隊へ発見を知らせ、作戦が立てられた。7753《ななこさん》とマナは安全な場所で待機し、羽菜《はな》はアパート入口から、リップルはアパート屋上から、魔王パムは上空から攻めこむ。

魔王パムの魔法の端末が鳴った。攻撃の合図だ。下界を見下ろし、タイミングを計り、さあ行こうという時に先制攻撃を受けた。魔王パムは集中することがあっても油断はしない。飛行可能な敵がいるということも聞き及んでいる。下方から風のように飛んできた敵の攻撃をするりと避けてカウンター気味に反撃をした。羽を大きな拳の形に変形させて敵を殴らせた。殺さないよう手加減はしている。

だが、拳はすれ違いざまに敵の顔面を貫通し、魔王パムは顔をしかめた。手加減はしていたが、そもそも手応えがない。拳によって突き崩された顔面が見る見るうちに再生していく。

姿かたちはアラビア風の踊り子。ただし、うっすら向こう側が透けて見えた。

――強そうなやつだ。

心の中で喜びを感じていると自覚し、慌てて振り払った。喜んでいる場合ではない。敵がなにかを飛ばしてきた。羽の一枚を盾に変化させ、斜めにして受け流す。飛んできたのは空気の塊だったらしい。威力はそこそこ。当たっても生命を奪われることはないだろう。ひょっとして手加減されたのかもしれない、と思うとまた喜びが鎌首《かまくび》をもたげてくる。

空気の塊は質、量、数を増やして飛んできた。魔王パムは盾《たて》の厚み、強度、大きさを増やして対抗しながら敵の周囲を旋回《せんかい》した。敵も動く。縦横無尽《じゅうおうむじん》に飛行し、胴体を伸ばしたり腕を切り離したりと、異常な動きで魔王パムについてきた。

魔王パムは「四枚の羽を自在に操る」魔法を使う。魔王パムの羽は飛行のためだけにあるのではない。大きさ、色、形、速度、硬さ、ありとあらゆることを「自由自在に操る」のだ。身体から離して独自の行動をとらせることもできる。

魔王パムは敵と交戦しながらも二枚の羽を飛ばした。一枚は下界のアパートへ。味方を援護し、敵を攻撃するように命じて突入させた。四枚ある羽の一枚でしかないとはいえ、継戦能力は高い。自律行動時は、魔王パムが直接動かすより速度精密性ともに低下するが、それでも並の魔法少女なら束になっても叩き潰す。リップルと羽菜の援護になるはずだ。

もう一枚の羽は翼の生えた巨大な目玉に変化させて周囲を索敵《さくてき》させた。視力は望遠鏡並で、下界の様子をつぶさに観察できる。７７５３とマナのワゴンを視認し、そちらに味方以外の何者かが攻撃してくればすぐに向かって反撃するよう、ただし本隊の防衛を優先するよう命令した。最初からワゴンのそばに置いておくことも考えたが、自律行動させた時の羽はあまり知的レベルが高くない。状況もどう変化するかわからないし、ギリギリまで自分の近くに置いておきたい。

魔王パムは二枚の羽に別行動をとらせる間にも敵を攻撃し続けていた。残りの羽を刃にして切りつけ、スクリューにして掻き回し、さらには羽の表面の粘性を上げて捕えようとしたが、敵の姿は一時的に崩れても、すぐ元の状態に戻ってしまう。通用しない。

敵は強い。頬が緩んでしまう。

羽を巨大化させ、直径十メートルの球状にして相手にぶつけた。

羽を発光させ、まばゆさで敵の目を眩まそうとした。

通用しない。致命的な打撃は全てすり抜けている。一方、敵から飛んでくる空気の塊は刃のような鋭さを持っている。敵の動きはどんどん激しさを増し、空気の刃の間を潜《くぐ》って接触しようと掴みかかってくる。

魔王パムは理解しつつあった。敵は空気そのものだ。切ろうが殴ろうが通用しない。風のように自由に素早く空を飛び、何者にも捕えられない。

踊り子は表情を変えない。面白がってるわけでもなく、怯えている風でもない。淡々と攻撃を受け、こちらに攻撃を加えてくる。その態度は実に魔王パムの好みと合致していた。やはり強い。だが勝てない相手ではない。

盾にしていた羽の一枚を広げ、自分の全身を完全に覆い尽くした。外側から見れば真っ黒の人型に見えることだろう。残る羽は頭上に大きく展開し、直径にして凡《およ》そ五十メートル四方をカバーする。攻撃能力は持たせない。

敵の攻撃は激しさを増している。遮《さえぎ》る物のなくなった空気の刃は、魔王パムが纏った羽のスーツを切り苛《さいな》む。魔王パムは、攻撃を受けながらスーツの再生を続け、なんとか凌いでいる。凌げさえすればいい。スーツの用途は二つ。攻撃を防いで時間を稼ぐためと、保温だ。魔王パムはスーツの中で呟いた。

「氷漬けの最下層《コーキュートス》」

敵の攻撃が鈍ってきた。無表情だった顔が変化している。まだ苦しいというほどでないが、なにかがおかしいと気づきつつある。空を飛ぶ速度が落ち、空気の刃が鋭さを減らし、羽のスーツがびっしりと霜に覆われた時、敵は攻撃を止《や》めて急上昇した。

——やっと気づいたか。だが遅い。

敵は空気を利用していた。ならば利用できない状態にしてやればいい。魔王パムは周囲一帯に密度を減らした羽を展開させ、表面を超低温にすることで、徐々に付近の温度を下げていった。温度を奪えば、気体は気体のままでいられない。

魔王パムは逃げた敵を追って上空に飛んだ。

☆トコ（残り時間十八時間十三分）

こうなるんじゃないかと思っていた。トコは床に唾を吐き捨てた。

魔法少女達は準備が必要とか連携を強化するとかもっともらしいことを口にしていたが、実際には楽しんでいただけだ。不意に与えられた圧倒的な力をより楽しもうとし、一度戦って逃がした敵の実力を知った気になり油断していた。

もっとも油断していたのはトコも同じだ。敵が索敵能力を失っているという情報は得ていた。実際、結界が張られてから数時間、敵からのアプローチがなかったため、動くよりはじっと潜んでいたほうがいいのではないかという気になり、魔法少女達を煽《あお》るのを躊《ちゅう》躇《ちょ》していたところはある。

屋上からは悲鳴が聞こえる。階下からは物が激しい勢いでぶつかり合う音がする。敵は両面から攻めてきている。ならば逃げられる場所から逃げればいい。ここは三階建てアパートの二階の一室で、当然窓もある。トコは全体重をかけてクレセント錠を回し、同じく全体重をかけて窓をスライドさせた。錆ついてはいてもなんとか開く。ここへ来た時、逃走経路については確認しておいた。

トコは窓の外に身を乗り出しながら少し考えた。

相棒に連絡を入れるべきだろうか。しかしこれだけ騒ぎになっているなら、相棒だって襲撃を察知しているはずだ。連絡を入れたところで受けている暇があるかどうか。そんな暇があるならもっと他にやるべきがある。トコ一人で逃げるというのは不安だが、下手に戦場に残れば足を引っ張るかもしれない。それは最悪だ。相棒は生き延び方を知っている。雑魚《ざこ》どもを適当に使い捨てればなんとかなるだろう。

決めた。連絡は入れない。結界の期限はもう残り二十時間を切っている。まずは集中して、全力での逃げ切りを目指す。空を飛んで逃げれば、ついてくる魔法少女も限られるはずだ。

トコは窓から飛び出し、空を目指すべく上を向き、アパートの屋根から飛び降りてきた忍者と目が合った。

トコは目を見開き相手を見た。片腕で顔の左面に傷が走って目を塞いでいる。インパクトのある外見だ。一度見れば忘れないだろうが、見覚えはない。道路上で戦った中にはいなかった。これが外部から派遣された応援か。

顔を歪めたトコとは対照的に、忍者はなんら驚くことなく淡々とトコに手を伸ばした。トコは身を捩《よじ》ってそれを避けたが、スカート帯に小指の爪が引っかかって空中でバランスを崩した。忍者は手首を捻ってトコの胴体をぐっと握り——締める寸前で横合いからかっさらわれた。

暗闇の中でさえ美しく輝く虹を背負った魔法少女が、トコを掴んで虹の上を走っていく。

トコは叫んだ。

「レイン・ポゥ！」

☆レイン・ポゥ（残り時間十八時間十二分）

レイン・ポゥは外見が示す通り、虹を生み出す魔法を使う。虹といっても、もちろん普通の虹ではない。誰しも一度は絵本や子供向けのアニメで見たことがあるだろう、虹の橋を渡って歩くキャラクター達の姿を。

レイン・ポゥは虹を生み出すだけでなく、それに足場にできるだけの強度を与える。とても魔法らしい魔法だ。

月も星もない暗闇の中で淡く光る虹の橋は、太陽の下で見る健康的な美しさとは相反し、幽玄《ゆうげん》とか幻想とかそういった危うい美しさを湛《たた》えている。虹には弾力はなく、固くしっかりしている。魔法少女の脚力でガンガンと踏んでも小動《こゆるぎ》もしない。横幅は約一メートル半。魔法少女なら、それだけの幅があればどんなに高くても全力疾走が可能だ。

B市はけして都会とはいえず、歓楽街を除けばちらほらとしか灯りは見えない。上から眺めて楽しい風景ではない。トタン屋根が並ぶ家並を超え、ラジオ局のビルを避けて虹は伸びていく。

レイン・ポゥが虹の橋を作る。どんどんと伸びていく先端を追いかけて進む。

ポスタリィは及び腰でその後ろを走る。ポスタリィが無理をしてついてくる必要はなかったのだが、襲撃が始まった時一緒にいて、離れるのを怖がったため、殿《しんがり》を務める形になってしまった。その後ろからは、当然忍者が追いかけてくる。ポスタリィは今更別方向に逃げることもできず、必死の形相で走り続けている。

「レイン・ポゥ！　走るの遅いよ！　もっと速く！　もっともっと！」

「気が散る！　トコは黙ってて！」

懐に押しこんだ。頭から入れたせいか、苦しそうに呻く声が胸から聞こえた。多少苦しんだとしても今はここにいてもらった方がいい。

忍者はまったく離れずに追いすがってくる。それどころか徐々に近づいていた。二十メートルは開いていた距離がすでに十五メートルまで狭《せば》まっている。原因ははっきりとしていた。忍者の足が速いというか、ポスタリィの足が遅い。しかしこれ以上速く走れというのは無理だろう。ポスタリィは全力を出している。背後から聞こえてくる息は荒い。

レイン・ポゥがポスタリィに意識を向けたその時、前からなにかが飛んできた。後ろに気を取られていたせいで意表を突かれることになり、回避し切れず、かといって走る勢いを落とすこともできず、レイン・ポゥは飛んできたなにかをギリギリで蹴り落とした。ブーツ越しに触れた感触と音からすると、飛んできたものは金属だ。

さらに二射、三射と飛んでくる。レイン・ポゥはなにが飛んできているのかを理解した。これは忍者が使う武器、クナイだ。後ろを追いかけてくる忍者が走りながら投げたクナイが、ポスタリィを追い越し、レイン・ポゥを追い越し、ぐるりと大回りで前から飛んできている。

二本目を同じように蹴り飛ばし、三本目を避けようとしたが、そのクナイは急角度で軌道を変えてレイン・ポゥの足を追いかけ肉を切り裂いた。レイン・ポゥはよろめき、しかしここで倒れるわけにも速度を落とすわけにもいかない。歯を食いしばり虹の上を走る。

「だ、大丈夫⁉」

「心配いらないよ！」

次々にクナイが飛んでくる。避けることができないため、攻撃して落とすしかない。狙ってくるのが全て足元であるため手で払うことができず、全弾蹴り落とすことを強要される。しかも威力と速度が一射ごとに上昇していた。

全てレイン・ポゥを狙っている。敵はこちらを殺す気がない。こちらの力を読みつつ行動不能にしようとしている。それだけの余裕を持って追いかけてきている。

レイン・ポゥは足元に目をやった。街灯が等間隔で光っている。それ以外の灯りはない。道路は片側二車線あるが、車の通りは少ない。虹の上から下界まで距離にして三十メートルというところだろうか。魔法少女の身体能力であれば落ちても死ぬことはない。敵はそれも考慮しているはずだ。

虹を解除し、下に降りるか。地上ならば虹の上と違い、直線ではなく遮蔽物もある。回避はしやすい……いや、そうではない。敵の攻撃はホーミングでこちらを狙う。下手をすると見えない位置から攻撃が飛んでくる。それに今目指している場所のこともある。できれば空から到達したい。下からでは回り道になるし、ビルの上に上がる隙を突かれ、的になり兼ねない。目的地まではあと僅かだ。ほんの少しの時間が稼げればいい。

「たっちゃん！　例のあれお願い！」

「りょ、りょ、りょかい！」

「了解」という言葉を噛みはしたが、ポスタリィの行動には遺漏《いろう》が無かった。彼女が帽子をとると、中からバラバラと金槌《かなづち》が落ちてきた。

ポスタリィの魔法は郵便配達だ。物体を手に取って魔法をかけると、それに二枚一対の翼が生える。水鳥の翼に似た純白の羽は、シンプルに美しく、宗教画の天使を思わせる。手に取った物が小さければ羽は小さく、大きければ大きくなる。ふわっと浮かび、大きく羽ばたき、持ち主に向かって飛んでいく。持ち主に到達すると、翼はぱっと散って消え失せる。荷物の飛行速度はポスタリィが加減できる。普通郵便か、速達か、の二択だ。

普通郵便はふわふわと飛んでいく。人間でも走って追えるほどのスピードで、これもの、ビン類、危険物等を取り扱っても安全に届けることができる。速達郵便はびゅーんと飛んでいく。人間はもちろん、魔法少女の足でも追いつけない高速で、荷物を持ち主の元へ迅速かつ確実に届けてくれる。遅配や郵便事故はない。重量制限もない。数量制限もない。

ポスタリィの帽子から落ちた金槌一本一本に翼が生えた。この金槌はホームセンターでキャプテン・グレースが購入し、ポスタリィに預けていた物だ。魔法をかければ、持ち主であるキャプテン・グレースを目指して金槌は飛んでいく。ここまで一直線に虹を走らせて逃げてきたため、金槌が飛んでいく方向は当然レイン・ポゥの真後ろになる。その途中にあるものを避けてくれるといった心遣いは、ポスタリィの魔法にはない。

金属と金属がぶつかる音が背後から聞こえた。忍者が飛んでくる金槌を迎撃している。おかげでクナイの射撃が止まった。金属音からすると、少し距離も開いたはずだ。やるなら今しかない。レイン・ポゥは振り返りながらポスタリィを抱え上げ、お姫様抱っこで保持したまま全力で虹の上を走った。ポスタリィの足に合わせて走るよりは、こちらの方が断然速い。

目的地まで、残り数百メートル。レイン・ポゥは全力で虹を走り、ビルの屋上に到達し、同時に虹の橋を解除した。レイン・ポゥは、地上に落ちていく忍者が最後に投げたクナイを悠々と蹴り落とし、ビルの上にかけておいたブルーシートを一気に剥がした。

使われなくなって久しい廃ビルの屋上だ。ここに来る者など定期メンテナンスとカラスくらいしかいない。物を隠すなら都合が良い場所だ。

最初の戦いの後、逃げた敵が乗り捨てていったワゴン車を、二人で協力して廃ビルの屋上に隠しておいた。これにポスタリィが魔法をかければ持ち主のところに飛んでいく。

ワゴン車の持ち主が誰なのかは、一種の賭けだ。ただ、今回襲撃してきたような戦闘要員が持ち主である可能性は低い。とりあえず激戦地から離脱できればなんでもいい。うまくいけば、油断してる敵に奇襲をかけることにもなるかもしれない。

レイン・ポゥは、ポスタリィを抱きこむ形でワゴン車の後部バンパーをがっしりと抱き締めた。

「たっちゃん、お願い！」

「ろ、ろうかい！」

ポスタリィがワゴン車に魔法をかけた。窓ガラスが割れ、屋根に足型のついた壊れかけたワゴン車——その両サイドに大きな翼がにょっきりと生え、ごうと飛び上がった。

☆繰々姫（残り時間十八時間十分）

繰々姫《くるくるひめ》がリボンを伸ばし、兎耳はとんぼ返りでそれを回避した。他のリボンも敵に向かわせるが全て牽制だ。まともに戦うつもりはない。数人がかりで戦ってなんとか勝負になったという敵を相手に一対一で勝てるとはとても思えない。

「大人しくして！　抵抗しなければ蹴ったり殴ったりはしないから！」

蹴ったり殴ったりというある程度の具体性を持った言葉は説得よりも恫喝《どうかつ》に聞こえた。

繰々姫は逃げた。せめて仲間がいればなんとかなる、かもしれない。

電信柱にリボンを絡め、地面を蹴るのと同時にリボンを引く。続いて電信柱からアパートの裏手に設置されている非常梯子《ばしご》にリボンを絡め、引くと同時に電信柱を蹴った。リボンと自前の脚力を相互に補完することで、普通に飛んだり跳ねたりするよりも、より立体

的に、より速く移動することができる。が、

「逃げるのもダメだから！　投降しなさい！」

兎耳はリボンも無しにしっかりとついてきている。フットワークの良さと反射神経の鋭さが繰々姫の上をいっている。これでは逃げることもできない。

とにかく誰かしらと合流しなければ。繰々姫は非常梯子から電信柱へ、電信柱からアパートの壁へ、アパートの壁から民家の屋根へ、民家の屋根からアパートの屋上へ移動し、電信柱と電信柱の間に細いリボンを渡すことで相手を引っかけようとしたが、あっさり空中で一回転し回避された。

二人はアパートの屋上で対峙した。屋上の広さは凡そ二十メートル四方。全く手入れされていないせいで惨めなくらいに荒れ果て、そこかしこがボロボロに崩れ、ひび割れ、ひび割れた箇所から雑草が伸びている。

そこには待ち望んでいた仲間がいた。ただし待ち望んでいた状態ではなかった。ウェディンが大の字になって屋上に寝そべり、彼女の袖、スカート、ヴェール、衣装のそこかしこに杭のような物が打ちつけられ、磔《はりつけ》のような状態で身動きできなくなっていた。

「繰々姫！　よく来てくれました！　私も全能力を傾け交戦したのですが！　あのファッキン忍者め！　クナイで身動きを封じるなど味な真似を！　まずは助けてください！」

幸いにも怪我はしていない。だがこれでは助けにもならない。むしろ足手まといだ。

兎耳はウェディンに目をやり、愉快そうに笑ってこういった。

「助けてあげるから降伏しなさいよ」

「え？　誰？　他に誰かいるんですか？　敵？」

「ほら、そこのリボンの彼女も大人しくしてください。お互い痛いのは嫌でしょ」

グレースは兎耳に近寄ったことで異常な傷の痛み、痛覚の暴走があったと主張したが、具体的にどんな魔法を使うのか、未だに正体を掴めていない。そんな敵を相手に一人で戦い勝利するなどできるものだろうか。

「降伏といわれても条件だってあるでしょう」

地面に縛り付けられた状態のまま、ウェディンが声を上げる。

「無条件降伏っていうのもありますがね」

「我々の生命は保障されるんですか？」

「殺したりなんてしませんよ」

「魔法少女を続けることはできるんですか？」

「そりゃその人次第じゃないかな」

「その辺はっきりしないと降伏なんてできませんから」

「あんた身動きもできないっぽいのに、よくそんな口叩けるもんですね」

ウェディンと兎耳の不毛な遣《や》り取りは延々と続いている。繰々姫は気がついた。ウェデ

イン は…… 結屋美祢《むすびやみね》は無駄話を好まない。自分の好きな物を語ったり、主義主張を訴えたりする時に長口舌を振るうオタク気質はあるものの、それ以外の場面ではダラダラと長話をするより簡潔な会話を求めてくる。

「こちらの状態と降伏の条件についての関連性はどれほどあるでしょうか。私がこんなことになっているとしても仲間は皆無事なんですよ」

「あんたの降伏条件の話をしてるんじゃないですかね」

「私はリーダーですから。仲間全体の条件を話す義務と権利を持っている」

「自称リーダーじゃなあ」

「失敬な。民主主義によって選ばれた正式なリーダーですよ」

兎耳が呆れたように肩を竦めた。ウェディンはより一層熱を入れて話しかけている。会話が長引くように誘導している。

繰々姫はウェディンの意図を察し、自分の仕事にとりかかった。背中に隠した細いリボンをするすると解き、リボンにリボンを繋げることで長くしていく。敵に悟られぬよう細心の注意を払い、長くしたリボンを足元から伸ばした。屋上はボロボロに崩れてそこかしこがヒビ割れている。割れ目からリボンを入れて、下を通して兎耳へと進ませる。

「だから私が降伏すればそれは我々全員の降伏なのです。あなたももう少し気合を入れて私を説得してください。たとえば魔法少女になる権利を奪った時に金銭面での補償をしたり、そういった心遣いがあれば気持ちよく降伏できるじゃないですか」

「金銭的補償とか請け負える立場じゃないんだけど」

「ではここで上司の方に連絡を入れてもらうことはできませんか。こういった重要な案件はトップ同士の話し合いで解決すべきでしょう」

「いやー、でもなー、うーん」

「きっと互いに納得する落としどころがあると思います」

コンクリの下を抜け、リボンが兎耳の足元まで通った。ヒビから飛び出したリボンに兎耳が足を取られかけた。がっちりと足を捕えることはできなかったが、兎耳はバランスを崩している。繰々姫は全てのリボンを解放し、一気に距離を詰めた。一本目を払われ、二本目を避けられ、それでも三本目四本目と次々に繰り出し、腕に絡め、足を取り、自由を奪うべく次々にリボンを放つ。腕、足、胴体とリボンで埋め立てられていく中、兎耳はぐいっとリボンを引いた。繰々姫は一気に手繰《たぐ》り寄せられる形で兎耳に近寄った。

兎耳の魔法は、痛覚を増幅するのかもしれない。だとしたら、少しでも傷を負わされれば敗北する。元より異常な激痛に耐える自信はない。敵の攻撃は絶対に防ぐ。

繰々姫は衣装を解《ほど》いた。一見リボンに見えなくとも、繰々姫の衣装は全てリボンで構成されている。トゥシューズを解き、チュチュを解き、王冠までも解く。

素肌に直接風が吹きつけ、十一月の寒さを肌で感じながら繰々姫はリボンを動かした。

攻撃に回しているリボンの数を減らさずに、防御側にもリボンを回す。敵と自分の間に、リボンでできた壁を打ち立てた。アパートの鉄柵に向けてリボンを伸ばし、絡みつける。今自分がいる位置を固定させんとする。

兎耳は壁に構わずさらに引いた。鉄柵に絡めたリボンが数本切れ飛んだ。繰々姫は足に力を入れるが踏ん張り切れない。距離は縮まる。だが壁がある。壁は屋上にしっかと根を張り抵抗する。それでもまだ引きずられていたが、一気に引き寄せることはできない。

じりじりと引かれ、その間にもリボンを操り続け、敵をぐるぐる巻きにして拘束してやった、という時に異変が起きた。排気ガスの匂いが鼻から鼻腔《びこう》へと突き抜け、猛烈な吐き気がこみ上げる。視界がおかしい。遠ざかったり近寄ったりを繰り返し、どこになにがあるのかまともに捉えることができない。爆音が鼓膜を震わせた。音の衝撃で脳が揺れる。

繰々姫は膝をつき、その衝撃に耐えきれず悲鳴を上げて倒れこんだ。膝がじんじんと痛む。痛みが頭の頂点から足の先まで一気に貫いた。

「残念、効果範囲に入っちゃったね……」

意識を手放す直前に兎耳の言葉が耳に入った。

☆キャプテン・グレース（残り時間十八時間十分）

屋上と一階から激しい物音がし、それに続いて悲鳴が聞こえた。屋上か、それとも階下に向かうか。キャプテン・グレースは一階を選択し、階段を駆け下りた。ファニートリックの足音がそれに続く。

十段飛ばしでアパート入口まで向かい、そこで足を止めた。誰もいない。

「ちょっと佳代」

「なに？」

「誰もいないんだけど。どういうことよ」

「いやそんなこといわれても困るよ」

両掌を開き、左右の耳に当てた。聴覚に集中をする。争いの音はまだ続いている。

「よし、屋上に――」

いいかけ、上を見上げた。争う音の中に微かな羽音が混ざっていた。どこからかこちらを目指して飛んでいる羽の音だ。キャプテン・グレースは闇に目を凝らし、比較的ゆっくりと飛来する奇妙な存在を発見した。新手の魔法少女かとも思ったがそうではない。全身が黒く、直径一メートルほどの球体で質感はゴムのように見える。蝙蝠《こうもり》のような二枚一対《いっつい》の羽を動かして空を飛んでいた。

「……なに、あれ？」

「……わかんない」

知り合いではない。動いてはいても生物かどうかさえ怪しい。黒い球体は上空五メートルほどの距離で停止し、その場で滞空した。グレースは球体の動きを観察した。所謂ホバリング状態で空に浮かんでいる。どう考えても魔法的な存在だ。

球体はしばし滞空してから動き始めた。上に移動している。屋上を目指しているのか。グレースは無視されたような気がしてむっとした。

「ちょっと！　スルーしてんじゃないわよ！」

足元に落ちていたコンクリートの欠片を拾い上げ、球体に向けてひょいと投げつけた。球体は風に吹かれる風船のようにふわりとコンクリ片を避けた。鈍重そうな見た目に反し、動きが軽《かろ》やかだ。

コンクリ片が道路上を転々と転がっていく。球体は上昇を止め、姿を変化させた。ファニートリックは悲鳴を上げたが、キャプテン・グレースは心の底が沸き立った。球体に目が一つ浮かんだ。浮かんだというより瞼《まぶた》が裂けたといった方が正確だ。巨大な球体に相応の大きな単眼が、二人を上から睥睨《へいげい》している。

瞳が問いかけていた。お前は敵か、と。ならばキャプテン・グレースは答える。

「さっさとかかってきなさいよね」

巨大な瞼が閉じられ、そこにあった目の痕跡が溶けるように消えた。黒い球体は翼の動きを止めて自由落下し、位置が下がるにつれて翼が小さくなり、形が変化し、降り立った時には人型をとっていた。変形どころか、明らかに体積が増えた気がする。全体がつるんとしていて特徴らしい特徴がない。

キャプテン・グレースは剣を抜いた。黒い人型が走った。

剣を振るい、ガードを抜いて胴体を切り裂く。いや違う。胴体は切り裂かれたのではなく、そこには大きな口が開いていて、上下の歯で剣を挟み止めていた。引くも押すもできない。咬合《こうごう》力がキャプテン・グレースの腕力を上回っている。

剣を捨てて退こうとし、そこに敵の攻撃が飛んだ。ローキックを脛《すね》で受けようとするが、敵の足がぐにゃりと曲がってグレースの脛に絡みつこうとし、慌てて振り払った。攻撃全てが変化を見せる。打ちつけられた拳は鞭のようにしなって背を叩き、肩で止めようとした前蹴りは刃物に変化し血をしぶかせた。それどころか、腕が、脚が、タコやイカのような触手が、黒い身体から次々に生まれてグレースを攻撃してくる。

グレースは回避に専念するしかなく、やがて回避は逃走になった。グレースは攻撃をぎりぎり捌《さば》きながら道路を走った。

さっさと片付けて兎耳の方に向かい、そちらも退治するという予定でいた。だが相手は兎耳のバーターとして処理できるレベルになかった。

予定は脆《もろ》くも崩れ去った。

必死で攻撃を避け、止め、落とし、払い、さらに落とそうとした攻撃の軌道が変化した。

一本の触手が、グレースの剣をかわして内へ抉《えぐ》りこみ、咄嗟に体を振ってそれを避けたものの、別の攻撃が飛んで足の甲を傷つけた。

ファニートリックがステッキを構えて走ってくるのを叫んで止めた。

「こっち来んな！　あんたは別の仕事！」

黒い人型はグレースのみに攻撃を集中させている。攻撃密度は高く、その全てがグレースを狙い、ファニートリックは完全に無視していた。攻撃からは感情を読み取ることができない。自動的に攻撃している、といった感じが強い。一対一の戦いがしたいという浪漫を感じるでもなく、強い方から叩き潰すという合理的精神も感じられない。

グレースは考える。こいつは自分を攻撃してきた相手のみを敵と見做しているのではないだろうか。今のこいつにとって、キャプテン・グレースは敵だがファニートリックはまだ敵としてカウントされていない。ならばファニートリックは自由に動くことができる。

グレースが敵の攻撃を一手に引き受けている間に仕事をしてもらおう。

ファニートリックはグレースの意図を察したのか、踵《きびす》を返してアパートの中に戻っていった。それでいい、とグレースは独りごちた。

相手は強敵だ。グレースが、芝原海《しばはらうみ》が、今まで戦ってきた敵の中で最も強く、隙が無く、動きが速く、攻撃が読めない。

避け、受け、止め、防御し切れずに傷つけられていく。こちらの攻撃はまるで通らない。

攻撃手段の質と量が段違いだ。回避に専念しなければ避けられず、回避に専念していれば当然攻撃はできない。敵は嵩《かさ》にかかってより激しく攻め立ててくる。左の二の腕を切りつけられ、のけぞったところで左の脹《ふく》ら脛《はぎ》に触手が絡んだ。触手からは釣り針のような返しがついた針が生え、グレースの脚に食いこんだ。

グレースはうめき声を噛み殺した。出血は激しいがまだ問題なく動く。だが、あくまでも「まだ動く」だ。ここから先は片足が十分に利かないまま戦わなければならない。

味わったことのない感覚が腹の奥からじわりと染み出した。

——味わったことのない？

いや、味わったことはあった。あまりにも古い記憶のせいで、それがどんな感覚だったのか忘れてしまっていただけだ。グレースは脳内で検索をかけ、三歳の頃に山の中で野犬と出会った時にまで遡った。

そうか、これは恐怖だったのか。グレースはその発見を屈辱とは思わず、むしろ喜びに転化した。

グレースはどこまでもチャンピオンだった。兎耳は素早くしぶとい獲物だった。難敵ではあったが、あくまで獲物だった。魔法を使ってグレースから逃げおおせた素晴らしい獲物だが、獲物はチャンピオンに挑戦する立場でしかない。

今そこにいるのは挑戦者ではない。挑戦者はグレースの方だ。十年ぶりに感じる恐怖心は多幸感となってグレースの体内を駆け巡った。グレースは小剣を抜いた。

今は危険の真っただ中にいる。いつ殺されても不思議ではない。

敵の打撃は速い。攻撃速度は兎耳にも勝る。全ての力、全ての感性、全ての神経を一直線に戦闘へ向かわせる。

何気なく突かれたところを叩き落とし、敵の動きを読んで踏みこみ、逆に踏みこまれたところへ頭突きを見舞う。首を捻られたことで頭突きは肩に当たり、そのまま喉元へ噛みつくべく口を伸ばし、嫌がった敵にぐいと押された。足に対する一撃は靴の踵で蹴り流し、敵の身体が流れたところへ小剣を振るうが、刃状に変化させた触手を寝かせて止められた。

攻防を繰り広げるうちに、相手のことが少しずつわかってきた。まるで機械のような相手だが、こちらの動きに反応するだけでなく、ある程度の攻撃予測もした上で動いている。

つまり、フェイントをかけて裏をかくこともできる。

グレースはアパートへ目を向けた。二階道路側向かって三つめの窓が開き、そこからファニートリックが顔を見せていた。タイミングはどんぴしゃだ。グレースは叫んだ。

「ファニートリック！」

グレースは左手で腰に提げたフック鉤《かぎ》を抜き、敵の胸元へスローイングしてぶつけ、右手の小剣にマントを被せて敵に向ける。フック鉤を触手で弾いた相手は、小剣の動きを警戒し、一瞬足を止めた。

マントの内側でずんと重量が増し、グレースは足を踏みしめた。右手の小剣が据え付け式の大砲に瞬時に変化した。タイミングはベストといっていい。これが「とっておきの策」だ。

敵はチャンピオンだ。自分は挑戦者だ。使えるものは全て使う。相棒であるファニートリックも、船の装備も、全てがそこに含まれている。

物いわぬ敵の驚愕を確かに感じた。グレースはマントを被せたままで魔法の大砲を発射した。反動で後方に吹き飛ばされながら、新たなフック鉤を抜き、路面に突き立てる。鉤はガリガリとアスファルトを抉り、グレースはガードレールに踵《かかと》をつけてやっと止まった。

キャプテン・グレースの「魔法の船」は海賊船だ。校庭で試しに海賊船を出現させたとき、どんな装備があるか確かめ、役に立ちそうなものをいくつか持ち帰っていた。大砲もそのひとつだ。アパートの部屋に置かれた大砲をファニートリックが覆い隠し、グレースがマントで隠した小剣と入れ替えたのだ。

魔法の大砲だけあってとんでもない反動があったが、鼓膜も破れていないし、打ち身も骨折もない。右手は多少痺れているが、これくらいで済むなら上等だ。

もうもうと煙が立ちこめ、黒色火薬の匂いが充満する中を切り割ってなにかが現れた。体を半上半身を失った黒い人型がよろよろとした足取りでこちらに近寄ろうとしていた。

分吹き飛ばされてもまだ動いている。吹き飛ばされた欠片もじわりじわりと動いていた。元の形に戻ろうとしている。

実験こそしていないが、砲弾の威力は実感でわかる。魔法の大砲の直撃を受ければ、魔法少女であっても挽肉になるだろう。目の前にいる敵の耐久力は魔法少女を越えているが、重大なダメージを与えることはできた。

だがトドメにまでは至っていない。敵の自在性は不死性となって再生しようとしている。元に戻られてはもはや勝てる気がしない。決着をつけるとしたら今しかない。グレースは、脚に絡んだ触手にフック鉤を突き立て引き裂いた。

グレースはとんと路面を蹴って、五メートル離れた道路標識の上にまで跳んだ。近距離で使っては自分にまで危険が及ぶ。

キャプテン・グレースの魔法は「猛スピードで水上を進む魔法の船を出現させる」だ。船の全長は十メートルほど。帆船の形をとってはいるが必ずしも風力を必要とはしない。使うためには当然ある程度以上の大きさがある水場でなければならない。

まともに使うのならば、だ。

グレースはこちらに向かってよろめいていた敵に向け魔法の船を出現させた。圧倒的質量が突如出現し、敵がいた空間を一気に埋め立てた。爆発と変わらない衝撃と音が発生し、グレースは飛んでいこうとする船長帽を押さえた。

物がある場所に船を出せばどうなるのか。船に埋まってしまうのか、弾き飛ばされてしまうのか、押し潰されてしまうのかはわからなかった。そして今わかった。すでになんらかの物がある場所に船を呼び出した時、それが人間大ならば船の重量によって押し潰される。

手応えがあった。直接刃物で突いたとか拳で殴ったとか、そういった手段でなくとも敵を倒せば感触は残るものだ。

船の魔法を解除すると、黒いなにかは消え失せていた。

☆7753（残り時間十七時間五十分）

7753は路上駐車をしている軽自動車の傍《かたわ》らに立っていた。

苛立っている人と一緒にいる時間というのは大変に気まずいものだ。相手の立場が自分より上の場合、気まずさはさらに倍化する。7753が初めてマナに会ってから彼女の機嫌が良かったことは一度としてなかったが、今までと比べてもマナの苛立ちはトップクラスで、後部座席に座りながら車体が揺れるほど激しく膝を揺すっていた。

7753は見張りという名目で車外に出ていたが、マナがどれだけ貧乏ゆすりをしているか、窓の中を見なくてもわかってしまえることが逆に怖かった。

リップル、羽菜、魔王パムの三人は油断している敵を三方向から襲撃した。殺さずに取り押さえるように、というマナのいいつけがどれだけ聞き入れられているか、聞き入れる余裕があるのか。連絡はない。

マナの苛立ちは「犯人を捕まえることができるか」という心配と、「お前は魔法少女のくせに戦わないのか」という7753への怒りが混ざっているのではないだろうか。7753の被害妄想というには、あまりに7753への風当たりがきつい気がした。魔法少女にだって戦いに向いている者と向いていない者がいる。7753は向いていない。性格も魔法も身体能力も、戦える魔法少女にはついていけない。そんな7753でもできる限りの仕事をする。戦闘員が出払っている中で本隊を防衛するのも立派な仕事だ。胸を張って誇ることができるだろう。

といったことをマナに説いても「弱虫の言い訳」と解釈され、怒鳴られたり貶《けな》されたり馬鹿にされたりするのが関の山だ。だから7753はなにもいわず、気まずさを抱えたままマナの護衛をしている。

無事に終わるといいな、と祈りながら空を見た。雲は分厚い。明日も曇り、場合によっては雨、下手をすると雪までありそうだ。

と、大きな音が劈《つんざ》いた。夜の静寂を引き裂く暴力的な音は、敵が潜むアパートの方向から聞こえた。爆発音のようだ。

車のドアが開き、マナが飛び出した。

「今の音はなんだ！」

「わ、わかりません」

「くそ……誰かの魔法か」

リップルの魔法に爆発の要素はない。羽菜の魔法もそうだ。あるとしたら魔王パムか、それとも敵が魔法を使ったのか。今車を停めている路地は、アパートからかなり離れている。それでもこれだけ音が聞こえてくるのだから相当なものだ。寝入っている近隣住民も起き出すだろうし、警察や消防が来るのも時間の問題だろう。

マナはアパートの方を睨み、7753もそちらを見た。大きな鳥が飛んでいる。信じられないくらい大きかった。遠近感のせいだろうか。ダチョウが飛んでもあそこまでは大きくないだろう――というくらいの巨大さに見えた。

「……ん？　あれ？」

「どうした。なにかあったのか」

ひょっとしてあれは鳥ではないのでは？　7753がそう思った時には既に翼の生えたワゴン車が目前まで迫っていた。7753はマナの身体を抱えて横っ飛びに跳び、寸前までマナのいた場所に突き刺さったワゴン車は、先ほどの爆発音を超える音を響かせた。

☆レイン・ポゥ（残り時間十七時間四十一分）

ワゴン車の尻にしがみついていたレイン・ポゥとポスタリィは、墜落する直前で飛び降りた。顔の形が押しつけられたようになり、肉がぶるぶると震えるほどの風圧を感じる飛行速度だ。人間が飛び降りれば怪我では済まない。並の魔法少女であっても怪我を負うことになる。

レイン・ポゥは空中に虹の橋を作り、片手でポスタリィを抱えたまま飛び降りて、空いた方の手を虹の橋にかけて勢いを殺し、どん、と着地した。ほぼ同じタイミングでワゴン車も着地……墜落する。質量、速度、飛行距離、全て充分な数字が出ていた。墜落によって発生したエネルギーは、周囲を揺らし、生じた音は気の弱い人間が聞けば気絶してしまいそうに大きく、土埃とアスファルトの粉塵《ふんじん》がもうもうと舞い上がっている。まさに爆撃といった風情だ。

「たっちゃん、大丈夫？」

「……うん」

大丈夫ではなさそうだった。目の焦点がいまいち合っていない。口は半開きのままで、怯えているというよりはぼうっとしている。

ポスタリィは、元々気の強い性質ではない。むしろ気が弱い方だ。魔法少女になれば精神的に強くなるとは聞いているが、それにしたって変身前の心強さが影響しないわけではないだろう。トコの「どんな敵にも立ち向かっていく勇気」という物言いはいかにも大《おお》仰《ぎょう》だ。せいぜい「昨日まで戦うなんて夢にも思っていなかった素人でもドキドキハラハラして全く使い物にならない、などということにはならない」という程度だ。

敵に襲われ、忍者に追いかけられ、虹の上を走り、空飛ぶワゴン車に乗り、これだけでも絶叫マシーン十台分の恐怖体験だ。

とりあえずポスタリィを気つけして、と考えていると懐《ふところ》から声をかけられた。

「ちょっとちょっと」

「ん？　なに？」

「ほら、あれ」

レイン・ポゥの胸元からぴょこんと半身を出したトコが指を差した。もうもうと巻き起こる粉塵の中、シルエットだけの人影が動いていた。指差した先では倒れていた人影が二人分、起き上がっている。片方がもう片方の肩に手を回し、背負い、たったと走っていく。

「逃がしちゃまずいよ！」

レイン・ポゥは駆け出そうとし、すぐに足を止めた。目の前になにかが立ち塞がっていた。粉塵は徐々に晴れていき、すぐに相手の姿をはっきり把握できるようになったが、それでもやはり「なにか」としかいいようがなかった。黒一色で丸いボディーに蝙蝠のような羽を生やした物体が、バサバサと羽ばたきながら滞空している。

「……これ、なに？　トコみたいなマスコットキャラ？」

「んなわけないでしょ。こんなの知らないよ。魔法少女じゃないみたいだけど」

「生きてるの？」

「わかんないね」

　トコは黒い球体を睨み、短い罵り言葉を口にした。

「どっちにしろさ、あれをやっつけないと逃げた連中を追いかけられないってことじゃないの。あいつら捕まえれば交渉の材料に使える。交渉さえできればこっちのもんだよ」

　レイン・ポゥはワゴン車のバンパーを手に取り、もぎとった。ぶん、と黒い球体に向けて振るったが、予想外に素早い動きで避けられた。

「あれ、速いな。ねえトコ、これ本当に魔法少女じゃないんだよね？」

「こんな魔法少女いるわけないでしょ」

　球体は不定形生物のように形を変えていく。レイン・ポゥは先ほどの攻撃よりも強くバンパーを振るい、敵にあえて回避させ、動きを読んだ上で今度は真っ直ぐ突き入れた。バンパーは黒いなにかに突き刺さった――いや、黒いなにかは身体を変形させ、バンパーをくわえこんでいた。ギリギリとバンパーを締めつけ捩《よじ》り上げている。

　正体が知れない。素早い。力も強い。異常な軟体で自在に変形をする。逃げた二人を追わせないよう道を塞いでいることからも敵の一味だろう。これはひょっとすると物凄く厄介な相手ではないだろうか。

「魔法少女でもマスコットキャラクターでもない、と……生き物だと思う？」

「これだけだとなんともいえないな。生き物じゃないかもしれないけど、なんらかの形で魔法が関わっていることは間違いない。たぶんね」

半身を出していたトコが肩まで身体を引っこめた。トコもこいつの強さに気づいている。

レイン・ポゥはゆっくりと振り返った。素早く動けば目の前のなにかを刺激してしまうのではないかと思った。振り返るとそこにはポスタリィがいた。表情は怯えている。怯えているならさっきよりはマシだろう。判断能力は取り戻しているようだ。

「たっちゃん、一つお願いあるんだけどいいかな？」

「えっ……なに？」

「あのさ……」

レイン・ポゥのお願いにポスタリィは難色を示した。怖いと嫌だを繰り返して涙ながらに勘弁してくれと許しを乞うていたが、トコの「なにもしないなら結局あいつに殺されちゃうんだからね」という脅し文句でなんとか頷いてくれた。

ゆっくりゆっくり、黒いなにかに近づいていく。ポスタリィの様子は悲壮そのもので、はっきり涙を流していた。けして攻撃だとは思われないよう、優しくそっと触れるように指示を出し、ポスタリィは震える手を黒いなにかに近づけ、触れた。

途端に黒いなにかから白い鳥の翼が生え、抵抗する蝙蝠の羽を無視してロケットのように飛んでいった。やはりあれは誰かの所有物だったらしい。

レイン・ポゥはほうと息を吐き、胸元でトコが緊張を緩めたのを感じた。ポスタリィは振り返り、袖口で涙を拭い取った。

「ねえ……とりあえず休みたいよ」

「そうだね。それは同感かもしれない」

トコからの反対はなかった。逃げた二人を追いかけることはもはやできない。

☆７７５３（残り時間十六時間二十五分）

マナを背負い、なんとか逃げることができた。ワゴン車の直撃を避けただけでも奇跡のようだったが、逃げおおせたのもまた奇跡だったかもしれない。７７５３はマンションの屋上で、ほっと胸を撫で下ろした。

だが助けられた方はけして有り難いなどとは思わなかったらしく、マナは、それはもう怒った。キレたといってもいい。魔法使いの実年齢など知れたものではないが、外見年齢は十代半ば、感情の高ぶりに任せてなんでもしそうな年頃であるだけに、これだけ怒っていると大変に恐ろしい。

「魔法少女の強さはなんのためにあると思っている!」

「そもそも護衛だろうが!　逃げるために護衛してるのか!　馬鹿め!」

「逃げるだけなら一人でもできた!　お前も襲撃部隊に加わればよかったんだ!」

ぎゃんぎゃんと怒鳴り、噛みつき、７７５３を責め立て、ともすれば物理的にも噛みつきかねないのをなんとか宥めた。

あそこで逃げるのが得策だった、戦闘能力で劣る我々が残って抵抗しても、人質にでもなって足手まといになりかねないといい聞かせ、まさか上司に「無理やりにでもいいからマナを連れて全力で逃げろ」と命令されたともいえず、板挟みになった形でごめんなさい、すいません、仕方がなかった、最善の選択だったと頭を下げた。

マナも怒りをぶちまけ発散したことで少しは平静を取り戻したのか、不機嫌に変わりはないにしても、怒鳴ったりがなったり唾を飛ばしたりすることはなくなり、下界を見下ろして「くそったれな田舎町だ」と吐き捨てた。

いざという時の集合場所として指定してあったマンションは、市内でも有数の背の高い建物であったために、屋上から見下ろすと市街地のほぼ全てが一望できる。テナント募集の看板ばかりが目立つマンションにしては悪くない眺望《ちょうぼう》だ。

ただ「くそったれな田舎町」というマナの言葉は悲しくも頷けてしまう。７７５３がここに来たことも、ここに来てからやらされていることも、不景気な田舎町の典型ともいうべき有様と合わせると気鬱《きうつ》にさせてくれる。

マナは町を睨みつけ、魔法の端末を手に取り起動し、操作した。

「繋がらない」

「……はい？」

「どういうことだ。羽菜の魔法の端末に繋がらなくなっている」

「ええと……戦っている最中で受けられないとか」

「もしくは敵に捕えられたか」

マナは7753を睨みつけながらいった。もし羽菜が敵に捕まっていたら、それはお前が逃げたせいだといわんばかりだ。

「いや、でも羽菜さんに限って」

「お前が羽菜のなにを知っている！」

もうなにをいっても怒鳴られる気がして7753は口を噤んだ。

「クソ……羽菜め。いったいどこでなにを……」

マナは屋上で行ったり来たりを繰り返し始めた。落ち着きがない。

7753はリップルに電話をかけた。こちらも羽菜と同じく電話に出てくれない。とりあえずの処置としてメールを入れておく。合流場所で待っているといった文面を打っている指が震えていたことに気づいた。

　リップルも羽菜も電話に出てくれない。魔王パムに電話をかけてみたが、こちらも不発だ。合流場所にもやってこないし、メールの一本さえ送ってこない。じわり冷たいものが背骨に沿って尻へと流れていく。

　リップルへのメールを送信して魔法の端末を抱えこんだ。

　魔法の端末に未だ返信はない。マナは行ったり来たりの往復を繰り返している。一往復、二往復、三往復と無為に数え続け、百往復を超えたところで数えるのをやめた。

　マナはそれからしばらくの間往復を続け、やがて足を止めた。

「なんで来ない」

「は？」

「どうして来ない。連絡を入れない。こちらから連絡ができないのはなぜだ！」

　マナは一気に寄って７７５３の胸倉を掴んだ。体格的には７７５３の方が若干大きく、下から突き上げられる形になった。７７５３は屋上の端近くに立っており、後ろには壁もフェンスもなにもないため慌てて踏ん張った。マナは、屋上から突き落とすどころか自分ごと落ちてもかまわない勢いで押してくる。７７５３はマナの手を押さえた。

「死んでるのか！　あいつは！」

「死んでるって、そんな」

「じゃあなんで戻ってこない！　連絡もできない！」

「なにかの間違いじゃ」

「どんな間違いだ！」

羽菜も戦闘に携わってきたベテラン魔法少女だ。暗殺者を捕えるのに、戦闘力のないマナ達の他に羽菜が一人いれば大丈夫と判断される程度には強い。

「そんな、だって」

「だっても糞もない！」

「だって」

７７５３はそれ以上の反論ができず、マナはぐいと押した。

「だってなんだというんだ！」

反射的に振り払っていた。いくら人事畑の魔法少女といっても、マナに比べれば７７５３の方が遥かに腕力はある。軽々と吹き飛ばされたマナは屋上の床と水平に飛んで入り口のドアにぶつかり止まった。ドアが背の形にへこんだが、マナはすぐに起きた。

「す、すいません。あんまり押されるものだから。咄嗟《とっさ》に」

「くそったれ……くそったれ！」

マナの目の縁に涙が溜まり、それは下睫《したまつげ》も協力してなんとか押さえられていたが、とうとう決壊し、ぼろぼろと涙が零《こぼ》れた。意味のわからない言葉を大きな声で叫びながらマナは涙を流した。７７５３にはどうすることもできない。

マナは泣き、喚《わめ》き、人差し指を７７５３に突きつけた。

「なんでお前が泣く！」

ゴーグルを額に上げ、目の下をそっと撫でてみた。濡れている。

「お前に泣く権利なんてない！」

マナは走り寄った勢いを乗せて７７５３の頬を引っ叩き、往復ビンタの要領で反対側の頬に手の甲を打ちつけ、二度の打撃を受けた７７５３は反射的にマナの頬を張り返し、まるでさっきのリピートのようにドアまで吹っ飛んで背中を打ちつけた。

言葉にならない言葉を叫んでマナが立ち上がった。７７５３が謝るよりも早く駆け寄って今度は拳で頬骨をぶん殴り、顎を殴り、７７５３は上から掌をばしんと叩きつけてマナを張り倒した。咄嗟に手が出た前二回に比べ、はっきりと叩きつけた。

マナは解剖中のカエルをうつ伏せにしたような体勢で倒れたまま震えていた。獣のごとき唸り声を発しながらただ震えている。７７５３はゴーグルを通してマナに大したダメージがないことを確認した。打ち所が悪くて倒れているわけではない。

深く息を吐いた。同時に涙が流れ出た。

羽菜もリップルも魔王パムも戻ってこない。連絡もない。こちらから電話をかけても繋がらない。捕まったか。それとも……やられたのか。どうしてという思いが後から後から止《と》め処《ど》なく湧いてくる。ぐすっと鼻を啜《すす》るとマナが勢いよく顔を上げた。

「だから！　お前に泣く権利なんてない！」

立ち上がりながら頭突きで7753の顎に一撃、膝の関節に蹴り、よろけたところで鳩尾《みぞおち》にパンチと、威力はともかく攻撃箇所がえぐい。動きは駄々っ子だが、技術だけは妙に高く、取り押さえるべきかとも考えたが、涙と鼻血でぐちゃぐちゃになったマナの顔を見るとそんな気も失せた。頭部だけは守ってじっと耐えていると攻撃が止まった。

ガードを下げ、顔を上げる。

「……なにをしているんですか？」

不意に声をかけられ、7753はそちらに顔を向けた。リップルが鉄柵を掴んでひらりと屋上に上がり、コンクリートの上に着地し、掌の赤錆を見て顔をしかめた。

マナは新たな怒りの矛先を見つけたからか、今度はリップルに「今までどこに」と怒鳴りかけ、声が途中で立ち消えた。リップルの後ろからおっかなびっくり顔を出したのは、リボンでいっぱいに飾り立てられたバレリーナ風の魔法少女だった。

第六章　the beginning of the end

☆ウェディン（残り時間十七時間三十八分）

「先生。聞こえますか、先生」

繰々姫《くるくるひめ》の変身が解け、人間の姿に戻って倒れこんでいる姫野《ひめの》先生は、こちらの呼びかけに全く応じない。胸は上下しており、息をしてはいるようだが、完全に意識を失ってしまっている。協力して危機を脱するということはできそうになかった。

ウェディンは手足に力を入れた。顔が熱を持つまで息を止め、自分を縛るロープを引き千切ってやろうと満身の力を込める。酸欠直前まで力を入れ続け、それでもやっぱりロープは緩みもしなかった。もう何度もやっていることだ。

今できることは床の上に転がっていることだけだった。せっかく兎耳が席を外してくれているのに、ウェディンの筋力では機会を活かすことができない。

兎耳が繰々姫になにかをしたのだということはわかったが、なにをしたのかということはわからなかった。繰々姫は相手をリボンで完全に捕獲したにも拘わらず、呻き声を一つあげてぶっ倒れ、変身が解けて人間の姫野希《のぞみ》先生に戻ってしまった。繰々姫のコスチュームの一部であったリボンも同時に消失し、拘束のなくなった兎耳は立ち上がり、忍者に磔《はりつけ》状態にされ動くことのできないウェディンの方に歩み寄ってきた。ウェディンは目論《もくろ》見《み》が失敗したことを悟りつつ、話しかけた。

「いや、ですから、そういう暴力的なことはやめましょう」

「大丈夫。暴力はもう振るいませんともさ」

兎耳は袖から取り出したロープを使ってウェディンの両手両足を縛り、ウェディンを縫いつけていたクナイを一本ずつ抜いていった。ウェディンの力では微動だにしなかったクナイが、兎耳が力を込めるとジリジリ動き出し、やがて抜けていく。

「暴力的じゃないですか」

「なるだけ荒っぽくないよう努力してるでしょ」

「そんなもの努力とはいいませんよ」

兎耳はウェディンのクナイを全て抜き、ウェディンを完全に縛って転がした。

今度は姫野先生を縛りにかかった。背中をこちらに見せている。ウェディンは手足を動かそうと力を入れたがロープは固く縛られている。魔法少女の腕力をもってしても千切ることはできない。

　兎耳はちらっと振り返り、ウェディンが縛られたままなのを確認し、作業に戻った。

「うちの班長特製魔法のロープだからね。引き千切るっていうのは難しいかな」

「なら解いてもらえませんか。暴れたりはしませんから」

「あんたは油断できなさそうな人だもの」

「そんなことありません。人格者で通ってます」

「さっきもさ。やたらと話しかけて気を逸らせてたよね」

　兎耳は右手で姫野先生を担ぎ上げ、左手でウェディンの足を持って逆さに担いだ。

「ちょっと、せめて上下はまともに」

「そういう騙すために喋るってタイプとは会話をしないと決めてんです。というわけであんたがもうなにいおうと私は聞かないからね。こっちの女の子に事情聞いた方がまだわかりやすいでしょ」

　わりと間違っていないのが悔しい。

　ウェディンはそれ以降も言葉を弄《ろう》し、あわよくば口約束の一つもさせてやろうとした。

しかし兎耳は全く取り合わずにウェディンと姫野先生を担ぎ「人間のおまわりさんが来る前にさよならしないとね」と屋上から民家の屋根に飛び移った。

兎耳は誰かと合流するつもりだったらしい。民家の屋根や電柱、ビルの屋上等を渡って辿り着いた先には、バラバラになったワゴン車、破壊された道路、それに路上駐車中の軽自動車があった。周辺の住民が集まりつつある。

兎耳は、焼けた鉛《なまり》を飲まされたような表情でビルの上から路上の惨状を見下ろしていたかと思うと、魔法の端末を取り出し、どこかに電話をかけようとした。だが相手は出ない。兎耳の表情はさらに強張《こわば》り「電波の調子が悪いのかも」「さっさと緊急時の集合場所行った方がいいかな?」等と呟き、屋上の端に移動して電話をかけ直そうとしている。

しめた、と思った。兎耳は明らかに動揺している。ウェディンに対する監視が緩み、問題の縄さえ抜ければこっそり逃げるくらいはできそうだ。そう考え、もがき、あがき、隣で気を失っている姫野先生に呼びかけたが、全て失敗した。ウェディンの力では縄がどうしても緩んでくれない。

背中に感じるコンクリートの冷たさが骨まで沁みる。この業界、最終的には力が全てなのだろうか。兎耳は向こうで未だ魔法の端末と格闘をしていた。力を持っている魔法少女もそれはそれで大変そうに見える。

ウェディンはしみじみとため息を吐いた。

「ウェディン、疲れてる」

不意に声をかけられ、思わず大きな声を出しそうになり、唇を前歯で噛んでどうにか抑えた。テプセケメイがウェディンを見下ろしていた。あぐらの姿勢でふわふわと浮かんでいる。ウェディンは精一杯の小声で話しかけた。

「どこ行ってたんですか」

「敵が来たから戦っていた。強かった」

「倒してきたんですか」

「無理だった。強過ぎた」

「つまりあなたも逃げてきた、と。まあそれはこの際どうでもいいです。そんなことよりもこの縄どうにかしてくれませんか。私の力じゃどうしても解けない」

「もう切ってある。ウェディンの縄も、そっちの誰かの縄も」

手を動かす。縄がはらりと落ちた。鋭い刃物で切り裂かれたような切り口だ。

「ナイス。これなら逃げることが……」

「いや」

テプセケメイはウェディンを見ていなかった。全く別の方向に目を向けていた。ウェディンがテプセケメイが見ている方に首を捻ると、魔法の端末を手に持ち、こちらを見ていた兎耳と目が合った。

ウェディンは起き上がり、ビルから跳んだ。兎耳が後ろから駆けてくる足音が聞こえる。恐ろしい勢いだ。速度がまるで違う。これはもうどうしようもない。もう一度降伏するか、それともテプセケメイと共に戦うか。

テプセケメイはウェディンに並んで飛行していた。まだ余裕がありそうだ。

「ウェディン、遅い」

「そんなものは個人差ですよ！」

「遅いから助けてやる」

テプセケメイは走っているウェディンの襟首を掴み、ぐっと持ち上げ、抱きかかえた。

「こっちの方が速い」

速度が一気に上昇する。だが後ろから追いかけてくる兎耳も速さでは負けていない。ぴたりと離れずついてくる。農協の倉庫前、大型書店の駐車場、パチンコ屋の裏道、急角度で細い路地に入る等、なんとかして引き離そうとしたが、それでも追いかけてくる。

「戦っていい？」

「いや……戦うのは無しで。逃げましょう」

テプセケメイを含めた複数人を相手にしても、兎耳は互角に戦えていた。ウェディンとテプセケメイだけでは手に余る。おまけに繰々姫を倒した方法もわからない。

テプセケメイの速度が落ちることもないが、それは兎耳も同じだ。

「テプセケメイ。地面から離れて。空を飛べば相手はついてこれません」

「それ無理」

「どうしてですか」

「ウェディンが重くて高く飛べない」

「失礼な！」

☆繰々姫（残り時間十七時間二十一分）

兎耳の前で謎の体調不良によって意識を失ったことまでは覚えている。あれはアパートの屋上だった。意識を取り戻した時は全く別のビルの屋上で寝ていて、ウェディンも兎耳もいなくなっていた。しかも繰々姫ではなく人間の姫野希に戻っていて、芯から冷える寒空の下で身を震わせた。

なにがなんだかわからないが、とにかく逃げなければ、と思った。全てが恐ろしかった。希は繰々姫に変身し、なんでもいいからここから離れようと走り出した。路肩に停めている自動車のボディーを蹴り、電柱から電線を伝って商工会議所のビルへ、ビルから商店街のアーケード上を走り、助走をつけてから高々と跳んで農協にぎりぎりで到達できなかったのでリボンを伸ばして縁に引っ掛け、そこからコンバインの間を抜け、雑草を蹴散らしながらあぜ道を走った。山に出て獣道も人道も道以外もかまわず走り、リボンを使ってターザンのように樹上を移動し、最終的には山の中で見えない壁に顔面を強《したた》か打ちつけて地面へ落下し、枯葉を撒き散らしながらゴロゴロと地面上で転がり、悶絶した。ぶつかった衝撃だけではない。脳を直接掻き回されたような気色の悪さが全身を駆け抜けて足にも腰にも力が入らず立ち上がることができない。

そういえばトコが「市内全域見えない結界で囲まれている」といっていたことを思い出した。これがその結界とやらだろうか。しばし鼻を押さえて蹲《うずくま》り、葉っぱを一枚とって鼻血を拭った。走り続けて足がふらつき始めていたタイミングでまだよかった。元気な時の全力疾走で見えない壁に突撃していたら、もっとダメージを受けていたかと思い、ぞっとした。同時に、市内から逃げることができないという事実を突きつけられたことに思いいたり、もう一度ぞっとした。

クヌギの幹をベースにリボンを組んで即席の椅子を作り、その上に座って木にもたれた。心臓の鼓動とずきずきとした鼻の痛みが少しずつ少しずつ鎮《しず》まっていき、それとともに恐怖も沈静していく。なにかがおかしかった。

魔法少女でいた時は「自分が戦う」ことに疑問も持たず、不思議な魔法や超人的身体能力でごく自然に相手を縛ったり絡めたりしていた。一度人間に戻ると、なぜあんなことができていたのか不思議で仕方がない。もし負けたら、どうなってしまうかわかったものではない。死という言葉が頭に浮かび、震える身体を両腕で抱いた。

単に寒いだけではない。震えが止まらなかった。悪意と殺意があった。魔法少女というふわふわした生き方にないはずの生々しい鮮明さがあった。

戻ろうとは思えなかった。教師は生徒達が全員逃げたのを確認し、それからようやく逃げていいものだという理想論は、圧倒的暴力の前に粉砕されてしまった。今の自分がとても情けない状態にあると理解していながら動くことはできない。怖くて恐ろしくてなにがなにかもわからなくて、ここまで逃げてきてようやくじっくり考えることができて、それでもやっぱり戻りたいとは思えない。せめて安否だけでもと思い、トコ、ウェディン、グレース、ファニートリック、テプセケメイ、レイン・ポゥ、ポスタリィと続けて電話をかけたが、誰一人として出てくれなかった。こちらは無事です、どこかで合流しましょうというメールを送って魔法の端末を懐に戻した。

――落ち着け。落ち着け。落ち着け。落ち着け。

魔法の端末をもう一度取り出し、時刻表示を確認した。もう深夜だ。ひょっとすると二度と家に戻ることができない生徒がいるかもしれない。奥歯を噛み締め拳を握った。リボンの椅子が振動している。

メールチェックをした。返信は誰からもきていない。

かさりと木の葉が鳴った。今の繰々姫は追い詰められた小動物のように怯えている。魔法少女の聴覚は葉擦《はず》れの小さな音にも敏感に反応をする。吹奏楽部が練習をしている真下の職員室でうっかり居眠りをしてしまう姫野希とは違うのだ。

腰を浮かせて音のした方を見る。結局なにもなくて臆病な自分を笑いながら座り直すところまで予測していたが、裏切られた。木の陰に隻腕隻眼の女忍者がいた。冬の山風に口元まで覆い隠したマフラーを靡かせ、傷に塞がれていない方の目でじっと繰々姫を見ていた。

どう見ても魔法少女で、かつ、繰々姫の知り合いではない。つまり兎耳達の仲間だ。

繰々姫はリボンの椅子を元に戻し、木の葉を蹴り散らかして走り出し、一秒も走らないうちに見えない壁にぶつかりひっくり返った。今度は鼻だけでなく前歯もぶつけた。脳がでんぐり返りそうだ。

鼻も歯も唇も痛いが、それどころではない。右手で顔を押さえ、左肘で身体を持ち上げなんとか立ち上がろうとしたところで動きを止めた。忍者はもう目の前にいた。左側に立ち、繰々姫を見下ろしている。すっとしゃがみ、手を伸ばし、繰々姫の腕をとると立ち上がらせて尻と背中についた落ち葉をぱんぱんと払った。

繰々姫は逃げ腰のまま、かといって逃げるわけにもいかず立ち竦んだ。忍者はなにをするわけでもないが繰々姫の手を取ったまま逃がそうとはしない。リボンを使うか。だが反射神経や敏捷性で勝てるとは到底思えない。なにかを仕掛ければこちらが先に殴られるなり投げ飛ばされるなりしてしまいそうだ。

双方押し黙ったままで身動き一つなく、距離をおかずに見つめ合い、その無言に絶えら

れず口を開いたのは繰々姫の方だった。

「あのう……なんで私の居場所がわかったんでしょうか」

「……走っていくのが見えて、ついてきました」

マフラーで口元を隠しているせいで多少くぐもっているが、よく通る綺麗な声だ。ただ口調というか喋り方がぼそぼそとしていて、暗く辛気《しんき》臭い。

「ついてきたんですか」

「……はい」

「なぜ」

「……なんと声をかければいいのか、わからなくて」

なんとも間の抜けた答えが返ってきた。忍者のイメージと、訥々《とつとつ》と間の抜けた返し方をする魔法少女のイメージが上手く重ならなかった。

いや、間抜けというなら繰々姫の質問も同じくらい間が抜けている。質問すべき状況か否かはともかく、相手が質問に答えをくれるのなら訊くべきを訊かなければ。

「あなた達は……なんでここに来たんですか？　どうしてトコを捕まえようとしているんですか？」

忍者は顎を引いてより深くマフラーの中に顔を埋《うず》め、視線はクヌギの根に向けた。口を開くことなく無言に戻り、答えられないような質問をしたのかとも思ったが、どうやら答える気がないわけではなく、何事かを考えていたらしい。

「私達は……犯罪者を捕まえるため……来ました」

「犯罪者を？　あなた達はおまわりさんですか？」

「おまわりさん的な人も、います……私はただの協力者です」

「協力者？」

「面接に来ただけだったんですけど……巻きこまれて……」

「巻きこまれただけなら断ればよかったのに……」

「断ったら出世できないので……」

出世したいのか。忍者に対し親近感が沸いた。シンパシーを感じた、というより、俗っぽい願いを持っていることを知って人間味を感じた。ただただ無表情で刀を振るって手裏剣を投げるだけの全自動戦闘機械ではなかったのだ。

双方が不自然な体勢での会話は続いた。繰々姫は、リップル達が「魔法の国」という異世界の関係者を殺している殺人犯を捕えようとしていること、トコはその殺人犯と関わりがあるということを教えられた。繰々姫もまた自分の事情を正直に話した。

なにからなにまで正直に話していいものかという躊躇はもう無くなっていた。生徒を人質にしたトコは最初から信用できないし、リップルに親近感が出てきたし、なによりここで待っていても行き詰まりだ。生徒達を安全な場所に逃がしたいというお願いも聞いてもらい、不自然な体勢のまま握手をした。リップルの手はひやりと冷たく気持ちが良かった。

☆ポスタリィ（残り時間十七時間二十六分）

ウェディンに電話をかけ、グレースに、ファニートリックに、テプセケメイに電話をかけ、全て不通だった。単に出なかったというだけでなく、なにかを引っかくような不快で耳障りなノイズが邪魔をして、コール音さえ聞こえない。ポスタリィの魔法の端末だけでなく、レイン・ポゥの物も同様に電話機能が使用できなくなっていた。試しに自宅のナンバーを押してみると同じ現象が起こった。魔法の端末同士でなくとも使えなくなっている。トコに聞いてみても「なにがなんだか」と答えるのみで、この妖精はさっきから全く役に立っていない。

黒いなにかを撃退し、とりあえずその場を離れ、誰も追いかけてきてはいないのを確認した。安堵すると同時に恐怖がこみ上げてきて、ポスタリィはその場にへたりこんだ。

敵襲、手裏剣を飛ばす忍者、虹の橋を渡っての逃走、空飛ぶワゴン車にひっついて移動、全て相当な恐怖体験だったが、さっき出くわした黒い物体との一幕で、ポスタリィの心は完全に臨界点を突破してしまった。しばらく両手両足をついたまま涙を零していたが、レイン・ポゥに背中を撫でられなんとか人心地ついた。背中に当たる掌の温かさが、縋《すが》りつきたくなるほどありがたかった。

ポスタリィ、レイン・ポゥはブロック塀を背に並んで座り、レイン・ポゥの胸元に入ったトコも加わってなにが起きたのかを話し合った。結論は出なかった。敵が来たというところまでは理解できても、あれがなんだったのかはポスタリィにもレイン・ポゥにもわからなかった。そもそもどういう存在だったのかさえよくわからない。

ポスタリィにとっての大事はもう二度とこの件に関わらないことで、そのためなら魔法少女でなくなっても後悔はなかった。レイン・ポゥは違った。解決とそれによる恒久的な魔法少女としての力が欲しいと主張し、トコも当然それを支持した。

「だってさ、もったいないもの。これだけ強くて格好良くて不思議な力を持っている……しかも魔法少女だよ？　普通に生きてたら絶対になれないじゃん」

「そうそうその通り。いいこというね」

不思議な力が惜しいという気持ちはわかる。だがそれ以上に命が惜しい。

人間に比べれば強いといっても、あくまでも相対的なもので、魔法少女同士で比べた時にポスタリィの力は大したものではないというのは、これまでで証明されてしまっている。半端な力を手に入れて危険な相手と戦うより、今まで通り当たり前の人間として普通の生活をした方がいい。今までの生活に不満があったわけではないのだ。

とはいえ、現状を打開するという点において、ポスタリィに素晴らしいアイディアがあるというわけではなかった。

誰かに助けてもらおうにも、今敵対している連中は、警察どころか自衛隊が相手でも、戦車や戦闘機を向こうに回しても、普通に戦えてしまえそうな気がした。

レイン・ポゥは、警察が頼りにならないというだけでなく、正体を教えなければならないことに難色を示した。彼女は魔法少女を続けたいと訴え、正体を知られたらいろいろ台無しになると話し、社会からの介入を拒否した。

当然トコもそれを支持した。

「ねえたっちゃん。頑張ろうよ。ここで諦めちゃダメだよ」

「そうだよ！　途中でギブアップとか絶対許さないからね！　絶対だよ！」

トコを話に加えると、結局同じ場所をぐるぐると回ってしまう。

ポスタリィは、主にレイン・ポゥと話し合った。トコには喋らせるだけ喋らせておいたが、実際ろくに話を聞いてはいなかった。

ポスタリィとレイン・ポゥの話し合いは、口論に近かった。お互いの価値観には歩み寄れそうになく、自論を通そうとしても通らない。そして、両方ともこれぞという解決策があるわけではない。名目上は相談とはいえ、友達になってから初めての「言い合い」だった。ポスタリィはレイン・ポゥが向こう見ずな無謀者以外には思えず、勝手にしろと放って自分だけ逃げる算段をすべきかとも考えた。考えるだけだった。実行に移すとなるとどうしても抵抗がある。くるくると変わる香織《かおり》の表情や楽しそうな笑い声、初めて一緒にゲームセンターへ行った思い出、背中を撫でてくれる掌の温かさなどが、逃げようとするポスタリィを追いかけてきて離してくれない。

香織と親友になるまで、ポスタリィ……達子《たつこ》には、十数年間友達と呼べる存在がいなかった。友達に対する憧れというものは昔から人一倍あったが、友達ができてみると初めてわかる。これは呪いのようなものだ。

ポスタリィは肩を落とした。レイン・ポゥの積極性は受け入れがたく、しかし決別することもできない。

なにかが起こっている。ただしそのなにかがわからない。誰にも連絡を取ることができず孤立無援になってしまった三人は、次にレイン・ポゥが提案した「アパートに戻ってみる」を選択した。魔法少女のまま戻るわけでは勿論ない。変身を解除し、人間の姿をとって戻る。そこでなにが起きたのかをもう一度確認する。おそらく今頃はパトカーや救急車、消防車が来ているだろう。地元の新聞社や、ひょっとすると全国ネットのマスコミも来ているかもしれない。野次馬がいないわけはないし、その数が少ないわけもない。娯楽も事件も事故も少ない田舎のこと、深夜でもなにかあれば「どこにこれだけの人がいたんだ」というくらい集まる。人が集まればそれに紛れることができる。魔法少女にさえ変身しなければ、ポスタリィもレイン・ポゥも敵に顔は割れていないはずだ。

もし仲間の誰かが捕えられていて「お前らの仲間の正体をいえ！」と責め苛まれ、ポスタリィとレイン・ポゥの正体が知られていたとしたら、捕まるかもしれない。だがそうだとすれば、どの道遠からず捕まるだろう。

こういった無益で悲観的な想像は胃と心臓に悪かった。人間の内臓は魔法少女のものほど頑丈にできていない。人間の精神もきっとそうだろう。

三人はワゴン車が墜落した路地を目指した。案の定通行止めになっている。野次馬も多く、数台のパトカーが停車していた。私達は通りすがりの無害な中学生でしかありませんよという顔で大回りして道を抜けた。

アパートの方はさらに大掛かりだった。パトカーの数も多く、救急車や消防車も来ている。サイレンの音がそこかしこから鳴り響き、木霊《こだま》し、赤色灯が夜闇の中で自己主張を繰り返す。野次馬も多い。寝間着の人もそうでない人もいる。

カメラやマイクを持った報道関係者も何人か来ている。テープが張られて警察以外は締め出されているため、中がどうなっているのかを窺うことはできない。

マイクを向けられたダウンジャケットの老人が「車が空を飛んだ、確かに見た、見間違えなんかじゃ絶対にない」と唾を飛ばして熱弁していた。

野次馬たちの噂話が耳に入ってくる。他にも空を飛ぶ車を目撃した人がいるらしい。夜なのに虹がかかっていた。なぜか船があった。ロケットランチャーを撃ったやつがいる。

いやロケットランチャーではなく戦車砲だ。近くの道路上で謎のコスプレ集団による乱闘騒ぎがあった、これもそれに関係しているのではないか。しかし今のところ誰も捕まった者はいないらしい。これだけの大騒ぎを起こしておいてどういうことか。

達子は香織を見た。香織は達子を見ていた。睫《まつげ》が小刻みに震え、瞳は潤み、顔は唇の色まで青褪《あおざ》めていた。

誰も捕まっていない。つまり、ここに残っている者はいない。なのに連絡を取ることができない。では皆どこに行ってしまったのか。嫌な考えが浮かんでは消えていく。

お互いに酷い顔をしているという自覚があった。ニットキャップを目深に被り直し、コートの襟を寄せ、マフラーをきつく締めた。香織は野次馬の一人に肩をぶつけ、工員風の中年男性が「気をつけろ」と毒づいた。

達子は香織の袖を引いて野次馬の中から連れ出した。

「大丈夫だよ……先輩達も先生もメイも強いから」

小さい声でそういいながら、達子は自分にいい聞かせているようだと思った。

「今はどこかに隠れてるだけだよ」

白々しい。隠れてるだけなんて、自分でもそんなことは思っていない。

香織と手を繋いで現場から離れた。近くの児童公園のベンチに並んで座り、天を見上げた。雲は厚く黒くどこまでも続いている。晴れそうにない。児童公園には二人以外の誰もいない。街灯に照らされた煉瓦《れんが》の遊歩道は欠けが多く、遊具は錆び、風に吹かれて軋《きし》んでいる。この町はどこも同じだ。ため息が出た。八方塞《はっぽうふさ》がりだ。

「貴様らは魔法少女か？」

突然声をかけられ、その内容を脳内で処理し、慌てて振り返ったせいで足が縺《もつ》れて転びかけ、ベンチの背凭《もた》れに手をかけてなんとかバランスをとった。

公園の入り口に魔法少女が立っていた。丈の長いドレスコート、カーキ色のマフラーは半端な長さで、パナマ帽と大きなサングラスが胡散臭い。魔法少女のコスチュームとしては全体的にちぐはぐでもっさりとしていたが、顔立ちと雰囲気はどう見ても魔法少女だった。なにより本人が魔法少女という言葉を使っている。

横目で見ると香織も魔法少女に対して身構えていた。表情は警戒を隠していない。

魔法少女は眉尻を下げて片頬を上げた。その表情の意味を考え「ふぅ」という吐息を聞き、彼女はがっかりしているんだということに気がついた。

「なんだ、それは？」

魔法少女は無造作に近づいてきて何気なく手を上げ、香織、達子と頬を張った。吹き飛ばされるような攻撃では――そもそも攻撃といえるほどのものではない。それでも熱と痛みを持つ頬を押さえ、達子は唖然と魔法少女を見返した。

「貴様らは今変身していないだろう。そもそも戦場において変身をしていないというのはどういうことだと怒鳴りつけてやりたいところだが、まあいい。潜入任務等で人間になっていなければならないこともあろうからな。だがそれならそれで」

今度は反対側の頬を張られた。熱が引く間もなく両の頬がじんじんと痛い。

「魔法少女と問われ身構えてどうするつもりだ？　ああ？　自らが魔法少女であると吹《ふい》聴《ちょう》しているようなものではないか。相手が既に変身しているにも関わらず自分は未だ変身していないという状態で『私は魔法少女です』と敵に教えてどうする？　そんなことでは戦場で生き残ることなどできるわけがない。ゴミ虫のように殺される」

魔法少女はじっとこちらを見た。睨んでいるというわけではなく、かといって好意のある視線でもない。どうしたものか判断できずにやんわりと笑ってみせると今度は頭頂部に拳骨《げんこつ》が振り下ろされた。目の前に火花が散った。

「なにするんですか！」

「文句をいえる立場か貴様は！」

香織の勇気ある反抗は往復ビンタで鎮圧された。ベンチに倒れこむ香織を見て達子は口をしっかりと閉じ、「気をつけ！」の号令で直立不動の姿勢をとった。魔法少女は達子に目を向け、次いでベンチで肩を震わせている香織を見、香織の太腿を蹴り上げた。

「なぜ寝ているか！　気をつけといわれたら少なくとも立て！」

寝かせたのは自分じゃないかとは間違ってもいえたものではない。香織は無理やり引き起こされて半泣きで立たされた。達子は反抗する気などない。

胡散臭い魔法少女は、人間のまま魔法少女と相対することがいかに危険かと熱意を込めて語っている。殺そうとかそういうわけではないらしいが、いつ手が飛んでくるかわからないので緊張感が途切れない。

トコはレイン・ポゥの服の中で完全に沈黙していた。いないふりをしているようだ。恐らくそれは正解だろう。

「相手が魔法少女に変身していた。自分は変身していない。この場面で『魔法少女か』と誰何《すいか》されたらすっとぼけろ。いったいなにをいっているんだと変人扱いしてやれ。どの程度通用するか知れたものではないが、人間のまま身構えるなどという自殺行為に比べればなんぼかマシだ。人間のまま身構えるのは論外としても、その場で変身して対抗しようなどと考えるなよ。人間が『魔法少女に変身しよう』と思ってから変身するまでの間、どれだけの時間が必要かわかるか？　魔法少女の反射神経なら百回でも千回でも相手を殺すことができる。魔法少女を前に変身することの愚が理解できたか？　できたなら変身だ」

なにをいわれたのか考えていると、また頬を張られた。涙が出てくる。

「変身！　いわれたらすぐやれ！」

慌てて変身するとまた頬を張られた。

「変身するなという話を聞いていなかったのか！」

「あ、あの、でも、さっき身構えちゃったからもうバレてるしとぼける意味ないんじゃ」

「口答えするな！」

レイン・ポゥは再びベンチの上で倒れた。なんで学習しないんだろうと思いながら、早くも理不尽さに慣れ始めている自分が嫌だった。魔法少女はポスタリィとレイン・ポゥをじろじろと眺めた。値踏みしているようだった。最後にふんと鼻を鳴らし、それがまるで馬鹿にしているようでなんとなく腹が立った。もちろん顔には出さない。

「わかってはいたが素人だな。地元の中学生か」

「はい」

「トコの手によって魔法少女にはなったばかり」

「はい」

「トコに騙されたか」

これには即答できなかった。騙されているという自覚はない。なんとなく怪しい箇所があるが騙されているとは断言できない。レイン・ポゥの胸元に目を向けたが反応はなかった。いい淀《よど》んでいる風のポスタリィに、魔法少女はもう一度ふんと鼻を鳴らし、魔法の端末を取り出してボタンを押し、耳に当てて顔をしかめた。

「通じないじゃないか」

「あの……私達もさっきから全然通じなくて」

平手打ちで返された。魔法少女は「これでは班長に連絡できないな」と呟き、ポスタリィとレイン・ポゥに向き直った。

「私は魔王パム。この町に潜む殺人犯を拘束すべく潜入した捜査班の一人だ。共犯であるトコに騙され我々に歯向かった二人の魔法少女……名前は？」

「ポスタリィです」

「レイン・ポゥです」

「ポスタリィとレイン・ポゥ。機会をやろう。協力すれば今までの罪を不問にする。できることなら班長に伺いを立ててからにしたかったが、通じないなら仕方がない。魔王パムの名にかけて保証するから心配はいらん」

どういうことなんだと必死で情報を整理しているとまた平手が飛んだ。

「返事は！」

「はい！」

「は、はい！」

「よし、素人なりに良い返事だ。ではこれより」

魔王パムがふっと視線を外して公園の入り口を見た。ポスタリィとレイン・ポゥもつられて公園の入り口に視線を動かす。パジャマ姿の小さな女の子が三人の魔法少女を凝視していた。魔王パムはいかめしく引き締めていた表情をふっと緩めて女の子に手を振った。

「ごめんねぇ。お姉ちゃん達すぐにどくから」

柔和《にゅうわ》な笑顔とのんびりした喋り方は今までの魔王パムとまるで別人で、ポスタリィは「なんなんだこの人」という目を向け、魔王パムが振り返ったので慌てて目を逸らした。

「なにがおかしい！」

笑ってしまったらしいレイン・ポゥがまた殴られた。変身する前も変身した後も同じくらい痛いのは上手に加減されているのだろうか。

――なんなんだこの人……。

☆キャプテン・グレース（残り時間十七時間五十九分）

ポスタリィに預けておいた金槌が飛んできたことで、彼女達も敵と戦っていることを知った。助けにいかなければと張り切るキャプテン・グレースは、金槌の飛んできた方へ走った。

商店街のアーケードを駆け、信金の屋上から住宅街に移り、古家の屋根で二人は足を止めた。仲間にも敵にも出会わない。キャプテン・グレースは魔法の端末を取り出し、それがやはり使えないことを再確認して放り投げた。魔法の端末はトタン屋根の上を転がっていき、雨樋《あまどい》で止まった。

誰にも連絡が取れない。魔法の端末が使用できなくなっている。壊れてしまったスマートフォンにいったいどれだけの意味があるだろう。修理できる技術はここにない。

ファニートリックはグレースが投げた魔法の端末を拾い上げた。

「あのさ。魔法の端末が通じないなら私用のケータイに電話してみたら」

「佳代《かよ》。あんたは皆の携帯番号知ってんの？」

「それは……じゃあ家に様子を見に行ってみるとか」

「住所、知らないわ。あんたは知ってる？」

「……知らない」

アパートは野次馬や警察でごった返している。敵も味方も戻ってくることはないだろう。学校にも行ってみたが、夜の学校は物寂しいということを再確認できただけだった。

「こういう時の集合場所決めておけばよかったね」

「ウェディンの馬鹿はリーダー気取るくらいならそういうのきちんとしとけばいいのに」

黒いなにかを倒したところまでは実に爽快だった。その後の展開に爽快さは欠けていた。今まで一緒に戦っていた仲間を探し、探したけど見つからないという展開にはフラストレーションしか感じない。

「どうしよう……」

ファニートリックがへたりこむようにして屋根の天辺へ腰を下ろした。キャプテン・グレースはそれを見て苦々《にがにが》しく思った。

「どうしようもなにもないじゃない。誰でもいいからとにかく合流しないと」

「誰でもいいね……でもできれば頼りになりそうな人がいいな。トコあたりと合流すればどういうことになっているのか説明してもらえるかもね」

キャプテン・グレースの苛立ちが募る理由はこれだ。ファニートリックは不安がっている。今、ここに、ファニートリックの隣に、誰よりも頼りになるであろう相棒がいるというのに、怖がり、恐れ、怯懦《きょうだ》に慄《おのの》いている。

キャプテン・グレースは違う。七つの海を又にかけた大海賊であり、不思議な魔法を使う魔法少女でもあるキャプテン・グレースは、常に勇ましく戦い続ける。今だってそうだ。仲間を探しながらも同時に敵を求めている。黒いなにかと同等かそれ以上の敵を見つけ、そいつを退治する。そういえば兎耳とも再戦したかった。魔法少女として命を懸けた戦いをこなし、レベルアップした今なら、兎耳を逃がしはしまい。

「ほら、いつまでも休んでないの。次は寺町《てらまち》の方探しに行くわよ」

キャプテン・グレースはファニートリックの腕をとって引き起こした。

☆７７５３（残り時間十五時間五十二分）

リボンの魔法少女は繰々姫と名乗った。地元の中学校で教師をしていて、教え子数人とともにトコの手により魔法少女にされたのだという。教え子を危険な場所へ送りこむことはよしとしなかったものの、逆らえば記憶を消すといわれトコに従ってたと話す彼女は、言い訳をしているというより自分を責めているように見えた。

繰々姫の説明を聞いている間にもゴーグルには文字が表示され続けている。どういった風に促せ、けして責めるな、そこで肩に手を置け、それとなくリップルとマナの表情を窺え、マナに話を振れ、といった細かな指示にいちいち従い、だが途中で唐突に途切れた。まさか魔法の端末に続いてゴーグルまで壊れたのか。上司が無茶な改造をしたせいか。そういわれれば納得できる理由があるだけに怖い。動揺していると、新たな文字が浮かび上がった。壊れたわけではなかったようだとほっとしたのも束の間、7753《ななこさん》の心はさらなる動揺の海へと叩き落された。

魔法少女監獄から脱獄した凶悪犯がなぜかB市内に潜入した。魔法少女「ピティ・フレデリカ」が率いる脱獄囚達は当然なんらかの目的を持っているはずで、その目標が暗殺犯か捜査班かそれともそれ以外かはわからないが、B市内がより一層危険な状態に陥《おちい》ったということは間違いない。現状を重く見た「魔法の国」上層部の武闘派は、外交部門によって張られた結界が解除される前にどのような手段を用いてもフレデリカ一味を殲滅《せんめつ》すべしと主張。場合によっては一般市民に被害が出ても止《や》むを得ずとしている。

ピティ・フレデリカという名前に聞き覚えはなかった。続けて、ゴーグルに上司からのメッセージが浮かび上がった。

ピティ・フレデリカはスカウトを務めていた。直接関わり合いがあるわけではないが、森の音楽家クラムベリーから強い影響を受け、本来の職務から逸脱し、魔法少女志望者に殺し合いをさせていたという容疑で逮捕され、投獄された。フレデリカは遠距離からの監視が可能な己の魔法によって「魔法の国」の暗部を知り得ていたとされ、極刑である封印刑に処せられた理由はそれではないかともいわれている。

よくわからないが、恐ろしい魔法少女が世に放たれたということだけは理解できた。これはどう考えても7753一人で抱いていていい情報ではない。かといって手に入れた理由を聞かれても答えることはできなかった。上司からのメッセージはさらに続く。

魔法の端末が壊れていることは把握したが原因は不明。脱獄囚がなんらかの方法で妨害しているのではないかと思われる。今伝えた情報は「魔法の端末が故障する前に上司からメールをもらっていたが今気がついた」とでもして、共有しておくよう。

なるほどその手があった。

７７５３は「魔法の端末が動かないかどうか、もう少し試してみます」といって皆が話し合っている輪から離れた。魔法の端末を取り出し、適当な捏造《ねつぞう》メールを作ってわざとらしく驚きの声をあげる。

「ああ！　メールが来ていた！」

バレませんように、と祈りながら皆に上司からの情報を話した。

マナは泣き腫らしたばかりの真っ赤な目をこすって深刻そうな顔で唇を噛んでいる。リップルは思い詰めた表情で「あいつが……」と呟いた。

マナはそれを聞き咎め、リップルに向き直った。

「あ？　知り合いか？」

リップルは頷き、マナはそれを見ていきり立った。

「どういうことだそれは！」

「フレデリカは……」

マナはリップルの胸倉を掴み、押した。リップルは鉄柵に背をぶつけ、鉄柵からはぱらぱらと赤錆が落ちた。

「お前は脱獄囚の仲間か！」

リップルは背中を叩いて汚れを払い、

「……私と友人が捕まえました」

と続けた。マナがさらにリップルへ詰め寄ろうとしたのを7753が止めた。屋上の際でやらせたらどちらかが下に落ちてしまう。

「マナさん落ち着いてください。知り合いというより敵じゃないですか」

「うるさい！　お前はフレデリカを捕まえたことがあるんだろう！　だったら今回も捕まえろ！　羽菜もいれば余裕でできるじゃないか！」

マナを羽交《はが》い絞《じ》めにしたままでリップルから引き剥がした。繰々姫が怯えた様子で見ている。そりゃ怯えもするよなと思う。責められたリップルは俯いていた。こちらも気の毒だ。今のマナは羽菜を心配し、それによって冷静さを失い、指揮能力を損なっていた。無謀な作戦を決行してもおかしくないくらい精神の均衡を崩している。

魔法少女同様、魔法使いの年齢は見た目ではわからない。ひょっとしたら見た目相応の年齢だったのかもしれない。可哀相だが自殺的行為に皆を付き合わせるわけにはいかないし、涙を流して荒れているマナを見ると、この女の子を殺させるわけにもいかないと思う。

と、またもやゴーグルに文字が浮かび上がった。

フレデリカが連れてきたのは百三十年前に捕縛された二人の凶悪犯。継《つ》ぎ接《は》ぎだらけの服はソニア・ビーン。剣士はプキン。どちらもフレデリカと同じ監獄に封印されていた魔法少女で、百三十年前のイギリスで大暴れした。双方合わせて殺害数は千を超え、最悪の犯罪者として「魔法の国」史上に残っている。その戦闘能力は現代の魔法少女と比べてもトップクラス。「触れるものを朽ちさせる」ソニアの魔法は攻防一体の攻略困難な要塞で、「斬った相手に錯覚を与える」プキンの魔法の剣は、極めてレベルの高い精神操作を行える。

といったことをゴーグルに流れてくるままに説明した。説明しながらも絶望的な気分になった。とても勝てそうな相手には思えない。

「それにフレデリカの弟子であるトットポップ……彼女は革命軍の中でも武断派として知られています。彼女ら四人がこの町の中に入ってきたものと思われます」

「どうして入ってこれるんだ！　結界は未だ破られてはいない！」

「フレデリカの魔法は条件さえ揃えば結界もスルーできます……ですよね？」

リップルは深く頷き、７７５３はゴーグルの文字を追った。

「問題は暗殺犯とフレデリカ達のどちらを優先するかということなんですが」

繰々姫は深く深く頷き、７７５３はさらにゴーグルの文字を追った。

「フレデリカ達を逃がしては暗殺者以上の害悪を撒き散らすことになるでしょう。早急に捕えねばなりません。暗殺犯より優先すべきです」

「ふざけるな！　だったらどうしろと！」

「どうにかして羽菜さんと合流しなければなりません。羽菜さんは脱獄囚が市内に放たれたことを知りません。危険です」

「羽菜が……くそっ！」

マナは口を噤んだ。足元を睨みつけている様は、冷静になったというより怒りを溜めているようにも見えた。７７５３は上司からのメッセージを続けて読んだ。

「それに魔王パムさんです。外交部門の最終兵器、魔王パムさんなら対抗できます。森の……え？」

７７５３は言葉に詰まり、俯いたままのリップルを見て、続けた。

「森の音楽家クラムベリーの師匠である魔王パムなら」

リップルが顔を上げたのがわかった。強烈な視線を感じる。

「きっとフレデリカ達四人に対抗できるはずです」

マナは顎を上げ、咬合したまま唇を開き、なにかをいおうとして息だけを吐いた。７７５３はそのまま文字を読み上げた。

「魔王パムの力をセーブしたかったのは犯人謀殺を恐れてのことです。犯人逮捕ではなくフレデリカ討伐のために使うのなら問題はありません。少なくとも周囲に被害を及ばさないのであれば」

マナは目を瞑った。涙の跡はまだ乾いてはいない。７７５３はそろそろとマナの腕を放し、繰々姫がほうと息を吐いた。マナはそのまま身じろぎもせず、誰も動かないまま数分が経過し、そろそろどうにかしなければと７７５３が思ったところで、

「まず羽菜を探す。羽菜と合流したら次は魔王パムだ」

マナが杖を取り出した。これでようやく事態が打開できるかもしれない。７７５３はメッセージを送ってくれた上司に感謝した。

☆魔王パム（残り時間十六時間三十分）

公園で捕まえた二人の魔法少女はずぶの素人だったが、根っから悪党というわけでもなさそうだった。戦うべき対象ではなく、保護すべき相手だ。

魔王パムも他人のことを素人と笑ってはいられる立場ではない。市内に入ってからミスばかりしている。捜査についていえば間違いなく素人だ。

外交部門に所属していながら、魔王パムはそのやり口があまり好きではない。外部協力

者として暴力の専門家を派遣し、暴力を背景に場を支配する。パムが魔法少女になったばかりの頃からまるで変わっていない。

専従捜査班から見れば外から余計な手出しをされているようにしか思えないだろう。現場担当としても、心が浮き立つような仕事ではない。今回も暗殺者に興味はあったが、それは正義感や倫理観に拠《よ》るものではなく、どれだけ強いだろうという好奇心が大きい。

魔法少女としての長《なが》のお勤めで、自分のことは自分が一番よくわかっている。強者への好奇心というものは、わかっている上で御《ぎょ》し切れないから問題なのだ。新人だった時も、ベテランと呼ばれるようになってからも、まるで変わっていない。

クラムベリーの事件が露見《ろけん》した時にも、「ああ、そうか」としか思わなかった。魔王パムにはクラムベリーの気持ちが理解できてしまった。ただただ強い者と戦いたかったのだろう。従来の試験が生温《なまぬる》いとか、そういった改革論はお為ごかしだ。問題の本質は別にある。

クラムベリーは何物にも囚われることなく一歩を踏み出し、魔王パムは倫理や情に縛られて動くことができなかった。それだけの違いでしかない。

もっとも魔王パムは、強い者と戦いたい欲求はあるが、弱い者を踏み躙《にじ》るのには嫌悪感を覚える。受験生の中にはクラムベリーに踏み躙られた者も多数いたはずで、やはり相容《あいい》れはしない。

そんな微妙な思いは誰にも伝わることはなく、「クラムベリーに『森の音楽家』の名を与えた師匠」という立ち位置は、魔王パムの組織の中での立場を不安定なものにした。もっとも、師匠だったのはかなり昔のことでもあり、実際に降格はされなかった。

結果、魔王パムは、ある程度の地位を持つベテランでありながら、最前線で働かされるというとても扱いにくい魔法少女になった。

事件について反省することはあったが、そうはいってもクラムベリーに対して別の教育ができたとは思えなかった。望んで戦いに向かうような連中は、皆遊び仲間だった。殺すにしろ殺されるにしろ後悔は無く、悲しみがあっても一時のことだ。クラムベリーもそうだ。彼女も遊び仲間だった。それを曲げることはできない。クラムベリーの問題点は、遊び仲間ではない相手を自分の楽しみのため無理やり巻きこんでいたことにある。そんなことをしても楽しくはないだろうにと思う。

魔王パムは自分を振り返る。クラムベリーと同じ立場なら自分は同じことをしなかっただろうか。おそらくしなかっただろう。ただ、絶対にしなかったとは断言できない。だから魔王パムは上の命令に逆らわない。自分の判断で動くと暴走するかもしれない。上に立つ者ならきっと魔王パムよりも良い采配を振るってくれる。機械的かつ盲目的に従い、自分では考えない。装置になり切る。クラムベリーのことを思い出す度、そうしなければならないのだと強く考える。

今回も同じだった。上層部の指示に従う。表向きの指示に隠された意図が透けて見えても見ないふりをする。政治的な力学やら糸の引き合いやらを慮《おもんぱか》ったりはしない。賢しく動いたつもりでも、それが良い結果に繋がるとは限らない。

アパート襲撃時、上空で交戦した踊り子には、結果的に逃げられた。

結界が上空にまで展開されていたことを完全に失念していた。いざ強敵との戦闘が始まると全てを置き去りにして戦場のみに集中してしまう。だからこそ今まで生き残れているのだが、こういった任務では問題の方が多い。

相手を追って分厚い雲を突っ切り、上に抜けたところで思い出した。視認できるわけではないが、自分を害する物がそこにあれば気配は感じるものだ。すぐそこに障壁の存在を感じ、急停止した。慌てて周囲を見回したが踊り子はいない。ひょっとすると結界に触れて落下したのかもしれなかった。しばらくその場で探し続け、結局見つかりはしなかった。魔王パムは自分の仕事を思い出し、下界へと舞い戻った。

地上に降り立った魔王パムは羽を全て呼び戻した。一枚はなぜか白い鳥の羽が生え、猛スピードで戻ってきた。なんらかの魔法を使われたらしい。もう一枚は戻ってこなかった。どうやら破壊されてしまったようだ。この戦場には、魔王パムの羽を一枚破壊することができる、相当な強敵がいるらしい。考えるだけでわくわくと心が浮き立つ。

自然に浮かれようとする心を抑えつつ、一枚の羽を分裂させて羽の数を四枚に戻した。上限が四枚というだけで、減った羽が元に戻らないわけではない。魔王パムの四枚羽はどこまでも自由で自在だ。

パムはそれぞれの羽に視覚と聴覚を与え、さらに簡単な知性を付与し、自律行動ができるようにした。与える命令は「敵と思しき存在を見つけ次第知らせろ。攻撃してくるようなら反撃を許可する」だ。

ここは戦場で、油断は即死に繋がる。羽の内一枚を黒いドレスコートに変化させて身に纏い、周囲を警戒しながら敵の住処《すみか》と思《おぼ》しきアパートへ向かった。緊急時の集合場所であるビルの屋上に向かうよりも前に、こちらの様子を確認しておきたかった。

二人の魔法少女を発見したのは、そんなタイミングだった。アパート付近は報道関係者と野次馬でごった返していたが、その中でも不自然な動きの少女二人組がパムの目についた。アパートの中を窺う目の動きに落ち着きがなく、なのに周囲の声を漏らさず聞こうと耳を欹《そばだ》てている。二人揃って学校の制服姿というのも周囲から浮いていた。なにより変身前の魔法少女に共通している雰囲気がある。魔王パムは悩んだ末、地面に降りた。

魔王パムとしては二人の魔法少女を「保護した」つもりだが、当の二人はまた別の感想を持っているかもしれない。パムは腹を立てていた。彼女達に腹を立てたのではなく、魔法少女にするだけでろくな教育もせず戦場へ子供を放り出したトコに対して腹を立てた。トコは自分が逃げるための捨石を作っただけだ。魔法少女をなんだと思っているのか。

魔王パムが特殊教導部隊で働いていた時は違った。新入りは良くも悪くも丁寧に可愛がられたものだった。現役だった頃を思い出し、魔王パムは二人に魔法少女としての心得を話して聞かせた。変身しない魔法少女がいかにカモか、どれだけ危険なことをしているか、声を荒げ、頬を張り、懇切丁寧《こんせつていねい》に教えてやった。

自分の前で畏《かしこ》まって立つ二人を見ていると、さっきまで彼女達とは敵対していたとはとても思えない。見れば二人はガチガチに固まっている。怯えているようだ。いくつか質問をすると素直に答えてくれた。

ここでようやく捜査班の班長に連絡を入れねばと思い、魔法の端末を操作したが、耳障りなノイズばかりで繋がらなかった。

――なにか起きている。

今、新米たちの変身を解除させることは危険だ。なにか不測の事態が起きているらしいが、事件の中心から外れていた魔王パムには把握しきれていない。かといって、この二人を変身させたまま連れ回していては目立って仕方ない。

「仕方がないな……『魔宴《サバト》』」

魔王パムは羽の内二枚をコートに変化させた。色合いをブラウンに、質感を布地に変化させ、ボタンやフードなども追加する。

「これを着て行動するように。フードは深く被ること」

羽で作ったコートを着せれば一見だけではそれほど目立たない。いざ戦いとなれば羽によって彼女達二人を守ることもできる。半人前を戦いに巻きこみたくはないが、ここで放り出しては下手に巻きこむよりよほど危険だ。

レイン・ポゥが得体の知れない物を見る目をコートに向け、着るのを躊躇していたので頬を張った。これでとりあえず行動できるようになった。目下の目標は捜査班との合流だ。

レイン・ポゥがポスタリィに「この人なんなの」と漏らしていたのを聞き咎めて、また頬を張り、警戒を怠らないよう注意を喚起してから歩き始めた。

歩きながら話を聞いた。二人は捜査班を「悪い魔法使い」と教えられ、戦っていたらしい。やはりトコに利用されていたようだ。彼女達は道路上で捜査班を襲い、アパートでは逆に襲撃され、とりあえずは離脱したものの、いったいなにが起きたのか確かめるためアパートに戻ってきたところを魔王パムに捕まったわけだ。

羽菜とリップルの安否は結局わからないままで、班長と連絡がとれない理由も不明だ。彼女達の魔法の端末もまともに動かなくなっているという。レイン・ポゥが、

「なにかの偶然で一斉に壊れちゃったんでしょうか……」

といっていたので殴っておいた。

☆ウェディン（残り時間十六時間四十一分）

　とにかく逃げた。逃げて逃げて逃げ続けた。だが逃げ切れない。

「もっと速度出ないんですか！」

「これ以上は無理。ウェディンが重いから」

「それはもういいから！」

　急カーブ、蛇行する山道、枝分かれの多い路地。ラーメン屋の裏にあったポリバケツを転がして中身をぶちまけ、パチンコ屋の幟《のぼり》を吹き飛ばした。それでも兎耳はしっかりとついてきている。

　速度で引き離すことはできそうにない。ウェディンが顔を上げて後ろを見ると、兎耳の表情は余裕を崩さず、ペースは一定を保っている。息も切れてはいないようだ。

　耐久力も当てにできず、速度でも離せないとなれば、どうする。

「あ、そうだ」

「どうしたウェディン」

「テプセケメイって飛んでますよね」

「うん。メイは飛んでる」

ウェディンの重量で高空に飛行できないといっていたが、地面から十センチ程度離れて浮遊することはできていた。そのままスライドして移動している。

「なら港の方へ行けばいいはずです」

「なぜ？」

「海に出ればいいんです」

「海ってなに？」

「そこから教えないといけないんですか？　ええっと、この場合なんといったらいいか……港という場所の外側にある大きな水溜まりですよ」

「なぜそこへ行く？」

「水の上でもあなたは浮いていることができる。ですが、やつは水の上を歩くわけにはいかないでしょう。泳がなければならない。兎が走るのと同じ速度で泳げるとは思えません。そんなことができるのならば、因幡《いなば》の白兎だって皮をはがされることはなかったでしょう」

我ながらいいアイディアだと心の中で自讃したが、テプセケメイは首を横に振った。

「それは無理」

「どうしてですか」

「さっきメイは高く高く飛んで、触って落ちた」

「触って落ちた？」

「ここは今包まれている。外には出られない。だから外側にある海は無理」

「包まれてる？」

「触ると、とても痛い。メイはもう触らない」

そうだ。思い出した。トコはB市が結界で包まれているといっていた。つまりこの市内の中だけで鬼ごっこをしなければならない。海に逃げることはできない。

では川はどうか。市内を流れる大きな川は……ない。曇り空はあっても雨は少なく、増水で氾濫したなどという話を最後に聞いたのは去年の夏だ。

どうする。八方塞がりだ。兎耳はわけのわからないなにか……恐らくは魔法を使って繰々姫を苦も無く昏倒させた。本人は手も足も出ない状態だったのに、だ。テプセケメイが強いのは知っている。戦えば勝ち目が絶対にないとはいわない。だが敵の攻撃方法を理解もしていないで勝てるものだろうか。

足を止めさせ交渉するか。だがこちらの信頼度は地に落ちている。兎耳本人がいっていた。あんたの話はもう聞かないと。どれだけ言葉を弄《ろう》したとしても、いや、話せば話すだけその長い耳を閉ざすに違いなかった。

「おい」

思わぬ近い位置から声をかけられ、はっとした。ウェディンは首を廻《めぐ》らせ、斜め後ろを走っていた魔法少女の姿を認めた。

「キャプテン・グレース！」

「ったく。あんた達もっと見つかりやすく動いてなさいよね」

海賊風の魔法少女が不敵に笑った。その後ろにはファニートリックもいる。さらにテプセケメイもいた。

「は？　テプセケメイ？　なんで？　え？」

「メイが分身五体出した。それで仲間を探しにいかせた」

ファニートリックの後ろにいたテプセケメイはしゅるしゅると音を立てて小さくなっていき、消えた。そういえばテプセケメイは分身を出すことができた。本体ほど自由に動くわけにはいかず、お使い程度しかできないと聞いていたが、なるほどお使いはできる。

「って、そんなことできるなら後ろに飛ばして時間稼がせればいいじゃないですか！」

「ウェディンが戦うなっていったから」

テプセケメイは徐々に速度を落としていき、キャプテン・グレースとファニートリックもそれに合わせ、バブルの頃潰れたという廃工場の前で足を止めた。ただでさえ寂《さび》れた町の中で最も寂れている地域だ。街灯は割れ、それが修繕されず放置されている。

「で、あんたにもようやく会えた。もう逃がしやしないわよ」

キャプテン・グレースはカトラスを抜き放って敵に突きつけた。刃を向けられた兎耳は苦笑いを浮かべて身構えた。

「まいったなあ。四人相手か。班長にも連絡入れたいんですがねえ」

「四人相手なんて寂しいこといってくれるじゃない。あたし一人でいいわ」

「ちょっと海ちゃん！　危ないって！」

ファニートリックが悲鳴じみた声を出し、ウェディンも頷いた。

「一対一なんて格好つけられる相手ではありません。相手はわけのわからない方法で繰々姫をノックアウトしました。全員でかかるべきです」

「へえ、繰々姫が。で、生きてる？」

「ええ、息はありました。意識はありませんでしたが」

「そりゃ良かった。じゃあ一対一で戦いましょう」

ファニートリックが肩を落とし、ウェディンはため息を吐きながらテプセケメイに下ろされた。キャプテン・グレースは脳が筋肉と魔法でできている。

「おお、そういうことといってくれるならありがたいですねえ」

兎耳の苦笑いが軽い笑みへと転じ、キャプテン・グレースは大きな笑顔を見せた。

「誰も手ぇ出すんじゃないわよ。あたしがビシッと決めてやるからそこで」

工場手前のゴミ集積場がうわんと震えた。ウェディンは眉間に皺を寄せた。板に釘を打って完全に閉鎖されていた工場の入口に穴が開いていた。

不自然な穴だった。殴ったり蹴ったりして壊したようには見えない。重機やチェーンソーを使ったようにも見えず、グレースが刃物を使って切り裂くとしてももっと違う形の穴になるだろう。穴は人間より一回り大きい程度のサイズで、縁が黒ずみボロボロと剥がれ落ちていた。錆や腐敗に近い状態だ。

穴の向こう側は薄暗い。なにかが蠢《うごめ》いている。魔法少女の目をもってしても見通すことができない。穴の縁に外側から手がかかった。黒ずみが床に落ちては消えていく。手の主はのっそりと工場の中に姿を現した。ウェディンの眉間から皺が消えた。

少女剣士だ。奇矯《ききょう》な服装も美しい容姿も、魔法少女以外には見えない。なにが起きているのかわからず、ウェディンはじっと相手の顔を見た。少女剣士は綺麗に並んだ歯を見せて笑い、腰の剣を抜き放った。野生の獣が笑えば、きっとこんな風に笑うだろう。

ウェディンは悲鳴を噛み殺した。

最初に出た剣士が外国語で喋り、水晶玉を持った魔法少女がそれに続いた。

「楽しそうな鬼ごっこをしているじゃないか。せっかくだからそれに途中参加させてもらおう。鬼の役は引き受けようじゃないか。追いかけてやるから逃げられるだけ逃げるといい……とプキン将軍は仰《おっしゃ》っています。というわけで逆らう者には容赦しませんのでなるだけ逆らわないことをお勧めしますよ。痛い目を見るのは嫌でしょう？」

次々と倒れていく魔法少女達。
刻々と近づくタイムリミット。
魔法結界によって限定された空間の中で、
三つの陣営の思惑は入り乱れ、
魔法少女達による〝人間狩り〟
ゲームは最高潮を迎える。
『魔法少女育成計画limited(後)』
2013年12月9日発売予定!
血みどろの戦いの果てに
最後まで生き残るのは、
そして目的を遂げるのは誰なのか?

あとがき

お久しぶりです。もしくは初めまして。遠藤《えんどう》浅蜊《あさり》です。魔法少女大好きです。三十分で書けといわれました。あとがきのお約束になりつつあります。

この前編ではいつも出ているはずのアレが出ません。珍しいことになっています。後編では……いや、後編のことは後編で話せばいいことですよね。

ではなにを語ればいいのでしょうか。魔法少女への愛でしょうか。誰それは俺の嫁とかそういうことでしょうか。そんな嫁宣言をしたとして、敵は増えても味方は増えそうにありません。やめましょう。

本編で語られなかった設定を出したりすればいいんでしょうか。今まで登場した魔法少女の中で純粋な腕力が十番目に強い魔法少女はシスターナナですとかそういうのでいいんでしょうか。今回出てない魔法少女の名前を出すというのはどうなんでしょうか。

そうですね。今回登場した魔法少女を話題にしましょう。restart後編で名前だけ出てきていたピティ・フレデリカですが、今作の前にウェブ短編で登場しています。まだ読んでないぞ、という方はぜひぜひご覧ください。「このライトノベルがすごい！文庫」公式サイト（URLアドレスは帯をご参照ください）から読みにいけるようになっています。よし、これくらい宣伝しておけば多少不真面目でも許される。許されない？　ああ、そうですか。そうですね。もっともです。

真面目にいきましょう。今回はlimitedということで、限定された時間、限定された空間が舞台となっています。そんな中に十六人もいるわけですからぎゅうぎゅうです。狭苦しいです。辛いです。こんな中で少女達がくんずほぐれつの青春劇を繰り広げます。いいですね。くんずほぐれつ部分は羨ましいですが、基本辛いので私は眺める側に回ろうと思います。そういうことでよろしくお願いします。

ご指導いただきました編集部の方々、そしてS村さん。ありがとうございます。私が惰眠を貪っている間も働き続けているS村先輩マジリスペクトっす。ぱねえっす。

マルイノ先生、今回もありがとうございます。プキンのデザインをA案にしようかB案にしようか悩んだことも今となってはいい思い出です。採用できなかった方のデザインはこっそり愛でさせていただきます。

読者の皆様。お買い上げいただきありがとうございました。それでは一か月後にお会いしましょう。

本書に対するご意見、
ご感想をお待ちしております。

| あて先 |

〒102-8388　東京都千代田区一番町25番地
株式会社 宝島社　編集2局
このライトノベルがすごい!文庫 編集部
「遠藤浅蜊先生」係
「マルイノ先生」係

このライトノベルがすごい!文庫 Website
［PC］http://konorano.jp/bunko/
編集部ブログ
［PC&携帯］ http://blog.konorano.jp/

この物語はフィクションです。実在する人物、団体等とは一切関係ありません。

このライトノベルがすごい!文庫

魔法少女育成計画 limited（前）

（まほうしょうじょいくせいけいかくりみてっど・ぜん）

2013年11月23日　第1刷発行
2015年 9 月24日　第2刷発行

著　者　遠《えん》藤《どう》浅《あさ》蜊《り》

発行人　蓮見清一
発行所　株式会社 宝島社
〒102-8388　東京都千代田区一番町25番地
電話：営業 03(3234)4621 / 編集 03(3239)0599
http://tkj.jp
振替：00170-1-170829 (株)宝島社

印刷・製本　株式会社廣済堂

乱丁・落丁本はお取り替えいたします。
本書からの無断転載・複製・放送することを禁じます。

©Asari Endou 2013　Printed in Japan
ISBN978-4-8002-1849-0

このライトノベルがすごい!文庫
最新情報は公式サイトをチェック!
http://konorano.jp/bunko/
新刊情報、書き下ろし新作短編など、随時更新中!
このライトノベルがすごい!文庫"スペシャルブログ"には書き下ろし外伝、新刊試し読みなどコンテンツ盛り沢山!
http://blog.award2010.konorano.jp/
編集部からの最新情報は、
"編集部ブログ""公式twitter"にて!
編集部ブログ http://blog.konorano.jp/
公式twitter @konorano_jp
このライトノベルがすごい!文庫 発売日は10日ごろ!